АЛЕКСАНДРА МАРИНИНА

ЗАКОН
ТРЕХ ОТРИЦАНИЙ

Том 2

Москва 2005

УДК 882
ББК 84(2Рос-Рус)6-4
М 26

Серийное оформление
художников *С. Курбатова* и *А. Старикова* (РБ)

Серия основана в 1994 году

Маринина А.Б.
М 26   Закон трех отрицаний: Роман в 2-х томах.
Том 2. — М.: Изд-во Эксмо, 2005. — 320 с.

ISBN 5-699-05472-3
ISBN 5-699-05860-5

Насте Каменской не повезло — она попала в аварию.
Скоро ее выпишут из госпиталя, но сломанная нога все болит
и болит, так что Настя передвигается с большим трудом. Она
решает обратиться к специалисту, использующему нетради-
ционные методы лечения. Но когда Настя звонит по нужно-
му телефону, выясняется, что этот специалист убит. А тут
еще одна неприятность. После госпиталя Насте негде жить:
ее квартира занята неожиданно нагрянувшими родственниками. Так Настя оказывается на даче у знакомого, где совер-
шает лечебные прогулки и развлекает себя обсуждением с
коллегами подробностей очередного громкого убийства молодой кинозвезды. И вдруг она с ужасом обнаруживает, что
за ней кто-то следит...

УДК 882
ББК 84(2Рос-Рус)6-4

ГЛАВА 9

— Это никуда не годится.

— Опять? — тоскливо спросил Антон.

Он валялся на диване в квартире Аниты и тупо таращился в потолок, изнывая от скуки и одновременно опасаясь того момента, когда придется вступать в разговор независимо от темы. Ему вообще не хотелось разговаривать. Старые джинсы своей мятой мягкостью уютно обволакивали длинные ноги, а давно потерявший форму джемпер — домашняя униформа, постоянно хранящаяся у Аниты, — не стеснял движений, какую бы затейливую позу ни принимал Антон. Он всегда поражался тому, что Анита дома одевалась так, будто в любой момент могли прийти посторонние. Не нарядно, но прилично. Ни разу не видел он, чтобы днем она ходила не то что в халате, а даже хотя бы в неглаженой футболке. Халат существовал только для первых десяти минут после утреннего пробуждения и последних десяти — перед сном, после душа. Всегда аккуратно причесанная и тщательно одетая, чаще всего — в узкие брючки и какую-нибудь облегающую кофточку или свитерок. И никаких украшений. Зато всегда духи и непременно оригинальная заколка, удерживающая тяжелый узел гладких шелковистых волос.

Вот и сейчас она сидела над сценарием, такая красивая, с прямой спиной и изящно изогнутой шеей, такая собранная и серьезная, словно не у себя дома, а по меньшей мере в публичной библиотеке. Ну что там опять с этим сценарием? Это, кажется, уже седьмой или восьмой вариант. Костя Островский озвереет, если Анита снова завернет работу сценариста, которую сам Костя вроде бы считает приличной, иначе не принес бы показывать.

— Что на этот раз тебя не устраивает? Тебе же нравилось, когда ты начала читать.

— К тридцатой минуте весь сюжет проваливается. Сначала все было отлично, а потом как в вату все уходит, тускло, глухо. Нет, Антон, пусть Костя поговорит со сценаристом. Так не пойдет.

Кричевец нехотя поднялся с дивана, подошел к Аните, сидящей в кресле с папкой на коленях. Присел перед ней на корточки, положив голову прямо на листы с текстом.

— Радость моя, мне кажется, ты привередничаешь.

— Нет, — Анита отрицательно покачала

головой и запустила пальцы в длинные густые волосы Антона, — вот я-то как раз не привередничаю, а добросовестно вчитываюсь в сценарий и вижу в нем огромное количество дыр.

— А я не вижу, — упрямо возразил он.

— Это потому, что ты ленишься.

— Я ленюсь?

— Ты, ты, милый. Я же видела вчера, как ты читал. По странице каждые полминуты. Что ты мог понять при такой скорости?

— Я быстро читаю, — вяло огрызнулся Кричевец.

— Вот и плохо, — мягко улыбнулась Анита. — Сценарий нужно читать медленно, мысленно представляя себе каждую сцену. Ты должен не за сюжетом следить, а видеть, как это будет смотреться на экране. А ты, зайка, мечтал только о том, как бы побыстрее отделаться и снова залечь на диван и смотреть телевизор.

Антон молчал, осторожно втягивая ноздрями запах, исходящий от ее пальцев. Запах был сложным, составленным из крема для рук, духов, которыми пропитались рукава тонкого свитера, и мандарина. Мандарины Анита любила больше всех прочих фруктов, постоянно их ела, и в ее доме всегда стояла замысловатой формы синяя керамическая широкая ваза, доверху заполненная радостно-оранжевыми шариками.

— О чем ты так глубоко задумался? — негромко спросила она, массируя пальцами затылок Антона.

— О том, что теперь весь «Мосфильм» будет знать о моих турецких делах. Неужели так необходимо было говорить об этом тому мальчишке из милиции?

— Послушай меня, Антон, — голос Аниты стал строгим, будто только что звучавшая в нем любовная мягкость замерзла и превратилась в твердую непробиваемую массу, — эта история если кого и компрометирует, то только меня, а вовсе не тебя. Ну что такого особенного ты сделал? Поехал отдыхать в Турцию, один, без меня, увлекся девушкой, ~~продавщицей~~ из отельного магазина, соблазнил ее. Ты же не мог предполагать, что там такие суровые нравы. А она, между прочим, должна была тебя предупредить, что утрата невинности может обернуться для нее трагическими последствиями. Ты поступил как нормальный мужик: узнав, что ей предстоит освидетельствование, отвез ей денег, чтобы она могла быстренько выехать за границу и сделать себе операцию. В чем тебя можно упрекнуть? За что в тебя можно бросить камень? Это мне нужно убиваться и страдать, что ты так пошло мне изменил. Но я же не убиваюсь.

— Ты не убиваешься... — он тяжко вздохнул. — Ты вообще никогда не убиваешься, но одно дело ты, а другое — я. Ты же не такая, как все. А я самый обычный мужик и выгляжу в этой истории полным идиотом.

— Почему? Современные мужики, самые обычные, всегда заводят курортные романы, некоторые даже умудряются делать это в присутствии жен. А ты ездил один. Святое дело.

— Анита, ну как ты не понимаешь! — Он поднял голову, резко стряхнув с волос ее пальцы, поднялся во весь рост. — Да, нормальные мужики всегда пользуются случаем, своего не упускают. Но я что-то не слышал, чтобы кто-то из них потом раскошеливался на операции. На аборты — да, бывает, но не на эту... как ее... гименопластику... Тем более все понимают, что своих денег у меня нет, значит, я взял у тебя. Представляешь, что обо мне будут говорить?

Анита тоже встала, отложив папку со сценарием на стол, и отошла к окну. На фоне светлого осеннего неба ее силуэт с точеными плечами и гладкой прической казался Антону изящной фигуркой из полированного дерева. Теперь она стояла к нему спиной и говорила, не оборачиваясь:

— Милый ты мой, это обо мне будут говорить, а не о тебе. Обо мне скажут, что я до такой степени превратилась для тебя в мамку-няньку, что покрываю и оплачиваю твои постельные грешки. Что я до такой степени вцéпилась в тебя, что готова все тебе прощать, вплоть до измен. Что я готова быть униженной, обманутой и обобранной, только бы ты меня не бросил. Ты думаешь, мне это приятно? А о тебе скажут всего лишь, что ты молодец, ловко устроился и полностью прибрал меня к рукам. Можешь рассматривать это как тонкий комплимент, который льстит твоему самолюбию.

— Что-то мне не льстит, — буркнул Кричевец. — Неужели нельзя было ничего придумать, чтобы не рассказывать всего этого?

— Нельзя, милый.

Она повернулась, и на лице у нее было выражение спокойного терпения. Этот разговор Антон затевал уже в сотый раз, и у нее хватало сил не раздражаться и не срываться, снова и снова объясняя ему логику своих и его поступков.

— Нельзя, — повторила Анита. — Совершенно очевидно, что милиция подозревает нас с тобой в связях с Дроновым. И совершенно очевидно, что никаких связей с ним у нас с тобой не было и нет. Они прицепились к тому, что мы почему-то не пошли к Косте на юбилей, и думали, что мы в это время встречались с Юлькиным любовником и жаловались на ее сексуальные аппетиты. И что мы с тобой должны были делать? Покорно, как агнцы, которых ведут на заклание, соглашаться с этим? Да, мы не были у Кости, но и с Дроновым мы не встречались. Если бы мы знали, что все так обернется, что Юлька... погибнет и нас с тобой станут подозревать только потому, что мы не пришли к Островскому на юбилей, я бы весь вечер понедельника провела на людях, чтобы они могли каждую минуту мою подтвердить. Но я же, как верная подруга, отвезла тебя утром в аэропорт, а после работы сидела дома, вот в этом самом кресле, как привязанная, ждала сообщений от тебя. От телефона не отходила. Если бы у меня был мобильный телефон, я могла бы спокойно ждать твоего звонка где угодно, в любом месте, где меня могут видеть. Но мобильника у меня нет. Если бы мы знали, что все так обернется, мы бы отменили запланированную встречу с Костей во вторник, сходили бы к нему на юбилей, а в Турцию ты полетел бы во вторник или в среду. Сейчас не сезон, с билетами проблем нет. Но ведь девочка позвонила тебе в воскресенье поздно вечером, рыдала, билась в истерике, говорила о самоубийстве. Что ты должен был ей ответить? «Подожди лезть в петлю, у меня завтра день рождения шефа, я с ним водки попью, а потом прилечу тебя успокаивать»? Ты считаешь, что так было бы лучше, человечнее?

— Господи, Анита, ну почему ты такая правильная? — простонал Кричевец, подходя и обнимая ее. — Мне с тобой страшно.

Я рядом с тобой чувствую себя совершенно неполноценным.

Она на мгновение прижалась к нему, потом решительно отстранилась:

— Ну все, зайка, прекращай ныть. Чем выпутываться из дурацких и совершенно необоснованных подозрений, лучше объяснить милиционерам, что тебя не было в Москве. А я ни с каким Дроновым не встречалась, потому что сидела дома, привязанная к телефону. Сколько раз ты мне звонил из Турции в понедельник вечером?

— Раз пять, наверное, — он пожал плечами, — или шесть. Не помню точно.

— Ну вот видишь, милиционеры запросят телефонную компанию, там подтвердят, что с твоего мобильного вечером в понедельник были постоянные звонки на мой домашний номер и мы с тобой разговаривали. Так что я совершенно точно была дома. Поверь мне, Антон, так лучше.

— Ничего не лучше! — внезапно взорвался он. — Для чего было выворачивать наше грязное белье наизнанку, если потом выяснилось, что Дронова вообще в Москве не было? Не было его, понимаешь? Так что где именно мы с тобой провели вечер того понедельника, никакого значения не имеет, мы все равно не могли с ним встречаться.

— Мы могли встречаться с его дружками-уголовниками. И потом, мы же действительно не знали, что его нет в Москве, и боялись, что нам еще долго не дадут спокойно жить эти тупые менты. Они принялись допрашивать маму, Любу, они приходили ко мне на работу, и бог его знает, что они там еще придумали бы. А о том, что Дронов был в отъезде, нам этот маленький дурачок с Петровки рассказал только после того, как мы ему признались насчет твоей поездки в Турцию. Тебе не в чем меня упрекнуть, Антон.

— Ты уверена? — прищурившись, спросил он и тут же сам испугался тех слов, которые помимо воли слетели с его языка.

Анита ответила не сразу. Отошла от окна, медленно прошла мимо Антона, даже не взглянув на него, протянула руку к стоящей посередине стола синей вазе с мандаринами, взяла один, несколько раз подкинула вверх, поймала, задумчиво поглядела на него и положила обратно.

— Судя по твоему вопросу, милый, ты в этом далеко не уверен, — ровным голосом произнесла она, делая шаг к двери. — Я не хозяйка твоим мыслям, так что ты имеешь право думать все, что угодно. Но не нужно этим правом злоупотреблять.

Кричевец остался в комнате один, кляня себя последними словами за несдержанность. Он, безработный бывший каскадер, живет на деньги своей любовницы и еще смеет в чем-то ее упрекать!

Через несколько минут из другой комнаты послышались бархатные звука саксофона. Анита играла старое танго «Маленький цветок». Она всегда играла именно эту, свою любимую, вещь, когда была расстроена словами или поступками Антона. Не рассержена, а именно расстроена, то есть опечалена и готова к примирению, если у него хватит ума сделать первый шаг.

Ума у него всегда хватало. Любовник Аниты Станиславовны Волковой был не особенно удачлив в делах, но уж дураком-то он точно не был. В противном случае не удержался бы рядом с ней на протяжении целых пятнадцати лет.

* * *

Все-таки она позвонила Чистякову. Боролась с собой долго, уговаривая саму себя, что Лешка работает, он занят и нет никакой нужды гонять его из Жуковского в Болотники — чай, не ближний свет! — только из-за того, что ей, видите ли, страшно. Охрана есть, сигнализация есть, чего трепыхаться попусту?

В Насте истово боролись рассудочный и хладнокровный сотрудник уголовного розыска и слабая испуганная женщина, которая не может ни убежать, ни постоять за себя. Оттого ли, что болезнь из ноги умудрилась пролезть в душу и плотно осесть в ней

А. Маринина

осознанием собственной слабости, оттого ли, что ей, Насте, вдруг ужасно захотелось увидеть мужа, но женщина в ней победила милиционера. И она позвонила.

Чистяков вовсе не отнесся к просьбе жены как к капризу, он знал, что капризы и истерики — не Настин репертуар, пообещал немедленно разгрести все дела, перенеся все, что можно, на завтра и отменив все остальное, что перенести нельзя, и приехать.

Попытки поспать ночью оказались малоудачными, то и дело Насте удавалось задремать, но от малейшего звука она вскакивала и начинала напряженно прислушиваться, раздражаясь оттого, что колотящееся где-то в ушах испуганное сердце бухает так громко, что мешает ей слышать и она не может понять, действительно ли кто-то пытается открыть дверь или окно, или это ей только кажется.

Промучившись часов до семи, она встала, убрала постель, сложила диван и поплелась в ванную. Потом долго сидела на кухне, наливая себе попеременно то кофе, то чай и с отвращением глядя на пушистые булочки, которые ежедневно с огромным удовольствием поедала на завтрак, намазывая маслом и джемом.

Будь благодарна всему, что с тобой происходит... За что бы поблагодарить вчерашнее происшествие? За то, что она удосужилась наконец прояснить вопрос с охраной и сигнализацией? А что, вполне подходяще. Ведь вчера, в сущности, ничего особенного не случилось, зато, если теперь опасность нагрянет в полный рост в виде какого-нибудь оборзевшего бомжа, наркомана или вора, Настя будет в полной готовности. Теперь-то уж она не забудет, где расположены кнопки сигнализации и какой рычажок нужно дернуть, чтобы включился ревун. Так что спасибо тебе, неизвестный человек, подслушивавший под окном и неуловимой тенью скрывшийся в темноте, отныне ты Настю врасплох не застанешь.

А еще спасибо тебе, вчерашнее происшествие, за то, что ты напомнило мне как-то подзабытую истину: ближе Лешки у нее никого нет. Ночью, во время длинных перерывов между короткими периодами дремы, она думала только о том, как хорошо было бы, если бы он приехал и немного побыл с ней. И о том, какая она бессовестная и своей нервозностью и трусостью готова создать ему проблемы. И о том, что ей сейчас очень нужно его присутствие, его тепло, его насмешливость, уверенность, забота. И о том, что ей хочется поговорить с ним.

Ей нужно, чтобы Чистяков приехал и побыл с ней. Не Павлик Дюжин, хозяин этого дома и носитель какой-то странной, но притягательной мудрости. Не Юрка Ко-

А. Маринина

ротков, такой надежный и проверенный, который уж наверняка в сложной ситуации окажется куда лучшим защитником, нежели Леша или тот же Дюжин. Юрка и стреляет отлично, и самбо владеет, и вообще он оперативник от бога, ни в какой переделке не растеряется. Можно было бы даже позвонить Татьяне Образцовой и попросить «одолжить» на время Ирочку, сослаться на то, что скучно и одиноко, Ирочка бы с радостью приехала, и ее муж Миша Доценко наверняка возражать не стал бы. Но Насте не нужны были ни Дюжин, ни старый верный друг Коротков, ни милая и веселая заботливая Ирочка.

Ей нужен был Леша Чистяков. И она позвонила, кляня себя за малодушие и истеричность. Почему-то совершенно естественное желание видеть мужа Настя расценила именно так.

Позвонила, вымыла чашки, старательно протерла стол на кухне, подмела пол, притащила стул в просторную прихожую-холл, где рядом с входной дверью находится окно, и заняла позицию. До кнопки сигнализации можно дотянуться рукой. И вообще, если кто-то подойдет к двери, она сразу увидит.

«Буду вот так сидеть, как бабушка в окошке, и наблюдать за жизнью, — с улыбкой подумала Настя. — Нет чтоб почитать или кино посмотреть, вон целая сумка с кассетами стоит. Точно, старость не за горами».

Первым в поле зрения появился смуглый вертлявый паренек, который каждое утро приносил свежие молочные продукты — кефир и йогурт. Настя расплатилась с ним и попросила ближе к обеду принести кусок телятины, посимпатичнее.

— Гостей ждете? — понимающе кивнул магазинный курьер, уже усвоивший, что для себя хромоногая жиличка дюжинской дачи берет только полуфабрикаты, которые достаточно просто поставить в микроволновку.

— Муж приедет. Да, и еще хлеба, «Бородинского», полбуханки. Ладно? Остальное вроде все есть.

— Если что забыли — позвоните! — крикнул парнишка уже на бегу.

Еще через полчаса на горизонте возник обещанный накануне специалист по охранной сигнализации. Увидев его, Настя пожалела, что не позвонила в охрану. Ведь собиралась же и забыла. Растяпа! Она еще вчера, вспомнив указания Дюжина, нашла все кнопки, зачем же человека попусту гонять. Теперь, чтобы он не чувствовал себя напрасно вызванным, придется таскаться с ним по всему дому и изображать внимательную заинтересованность, разглядывая каждую кнопочку и слушая его подробные объяснения. А ведь из пяти кнопок две находятся на втором этаже, в детской и в хозяйской спальне. Вот радость-то!

Специалист по охране, назвавшийся Иваном, с первого взгляда оценил стул у окна в холле, но даже не усмехнулся.

— Ну, кнопку у двери, я смотрю, вы сами нашли. Пойдемте, я покажу вам остальные.

Настя на всякий случай взяла палку, хотя по дому ходила уже без нее. Пусть этот обстоятельный Иван не сильно увлекается своей обстоятельностью, пусть видит, что женщине трудно ходить, и побыстрее сворачивается.

На Ивана, однако, палка не произвела ровным счетом никакого впечатления. И на второй этаж тащиться все равно пришлось. Впрочем, какая разница? Так или иначе, а два подъема по лестнице у Насти стоят в плане, вот и выполним один пункт. Правда, она не сможет сразу же двинуться в обратный путь, ей нужно будет посидеть минут десять, чтобы унять боль. Добравшись до последней кнопки в самом дальнем углу второго этажа, Настя собралась было открыть рот, чтобы объяснить Ивану, что ей нужна передышка и пусть он спускается вниз один, но внезапно поняла, что вполне может проделать обратный путь. Может. Ей больно, нет слов, но не так, как вчера, не до такой степени, чтобы непременно отдыхать. А что, если рискнуть? В конце концов, она не одна в доме, и если боль вдруг станет такой нестерпимой, что она не сможет больше идти, есть кому ей помочь.

Охранник оказался человеком деликатным и по лестнице шел впереди Насти медленно, держась всего на две ступеньки ниже. Видно, подозревал, что хромая дамочка может-таки оступиться.

Но она не оступилась. Только расстегнула замок-«молнию» на спортивной куртке, потому что от боли бросало в жар. Старательно поблагодарила Ивана за ознакомительную экскурсию, извинилась за беспокойство и свою бестолковость, закрыла за ним дверь и снова уселась у окошка, подперев подбородок кулачками.

Ну, кто следующий? Лешка? Или неизвестный человек, который накануне отирался возле дома с неустановленными намерениями? Хорошо бы все-таки Лешка.

Конечно же, это оказался Чистяков на немыслимо грязных «Жигулях». А ведь когда он приезжал на выходные, машина была только-только из мойки и радостно сверкала беленьким кузовом. Что же это за дороги у нас такие?!

Настя схватила с вешалки куртку, отперла дверь и вышла на крыльцо. И с удивлением увидела, что следом за Лешкиными «Жигулями» подъехала еще одна машина, точно такая же грязная, только синяя. И вышел из нее совершенно незнакомый мужчина. Вид у него был едва ли получше, чем у «Жигулей». Хотя, похоже, когда он выходил утром из дому, выглядел этот незнакомец очень даже ничего: светлая куртка, светлые брюки, и ботинки наверняка сияли глянцевым блеском. Как же это его так угораздило?

— Привет! — Чистяков поцеловал жену и виновато кивнул в сторону незнакомца, сиротливо топтавшегося возле своей машины. — Асенька, я с гостем.

— Нет-нет, не беспокойтесь, — тут же подал голос владелец синей машины, — я не гость, мне бы только руки помыть и почиститься немного. Алексей Михайлович был так любезен...

— Проходите, пожалуйста, — громко сказала Настя, — не стесняйтесь.

Она продолжала стоять на крыльце, с любопытством разглядывая неожиданного гостя. Симпатичный дядька, решила она, глаза умные, улыбка хорошая. На вид лет сорок пять, может, чуть меньше, если лицо отмоет. Интересно, где он так изгваздался?

Дядька тем временем оставил в прихожей ботинки и под предводительством Чистякова отправился в ванную, не сняв куртку.

— Слушай, это кто? — негромко спросила Настя, когда муж снова появился в комнате. — На какой помойке ты его подобрал?

— Не на помойке, а на болоте, — усмехнулся Леша. — Точнее, на подъезде к Болотникам. Этот вшивый интеллигент, одевшись во все белое, решил, понимаешь ли, колесо поменять. Это по нашей-то осенней грязи! При этом, кроме запасного колеса, у него практически ничего не было. Даже опыта, не говоря уж о перчатках. Он машину купил полгода назад, колеса менять ни разу не приходилось. И вот результат. Еду мимо, гляжу — мать честная! Стоит мужик приличного вида, весь грязный, лицо несчастное, чуть не плачет. И стоит-то, главное дело, прямо в грязи, колесо сантиметров на десять в месиво ушло. Пришлось помочь.

— А сюда-то ты его зачем привез?

— Пусть хоть руки помоет. Ну, может, там с курткой можно что-то сделать, она вроде кожаная, грязь должна отойти. Жалко ведь мужика-то! Я как его увидел — себя вспомнил, когда был начинающим водилой. Тоже, между прочим, вот так попадал на загородной дороге, и ведь ни одна собака не остановится и не поможет. Помнишь, сколько раз я по первости к тебе грязным являлся? Это уж потом я стал опытным, и домкрат всегда в багажнике, и трос, и инструменты, и перчатки, и бахилы, и даже резиновый фартук. А у этого бедолаги — совсем ничего, полный ноль. Ну как было не сжалиться?

— Никак, — согласилась Настя. — Я бы тоже сжалилась.

Видно, что-то в ее голосе Леше не понравилось, потому что он спросил:

— Ты что, сердишься? Асенька, он через пять минут уйдет, вымоет руки и лицо, почистит куртку и уедет. По-моему, это все выеденного яйца не стоит.

Действительно, чего она разозлилась? Разве сама поступила бы иначе? Нет, сделала бы то же самое. Просто она все утро представляла себе, как Лешка приедет, как они разожгут камин, сядут рядышком на диване, обнимутся и будут долго-долго разговаривать, глядя на огонь и чувствуя тепло друг друга. Ей хотелось спросить у него, часто ли она его обижала, проговорить вслух каждую ситуацию, попросить у него прощения, попытаться найти в себе причину, которая заставляла ее так себя вести. Ей хотелось рассказать ему все то, что она узнала от Дюжина, и обсудить то, что поняла потом, работая с собой, как он велел.

А вместо этого какой-то грязный начинающий автолюбитель, которого, конечно же, законы гостеприимства не велят отпустить без чая. И уютные посиделки с разговорами придется отложить на неопределенное время.

Будь благодарна... Кому? За что? Незнакомцу, который оказался здесь так некстати? Или Лешке, который его сюда привез?

— Ты хотя бы знаешь, как его зовут? — миролюбиво спросила Настя.

— Валентин Николаевич. Он так представился. Кандидат филологических наук, преподает литературу в каком-то навороченном колледже. Школьный учитель, короче.

— А-а, ну тогда конечно, — протянула она. — Школьный учитель литературы и колесо на грязной дороге — две вещи несовместные, как гений и злодейство. Пойди, кстати, узнай, как он там, может, ему нужно что-нибудь, а он попросить стесняется.

Чистяков вернулся довольно быстро и сообщил, что отмывшийся от грязи филолог просит оказать любезность и выдать ему ненужную тряпочку, чтобы он мог намочить ее и отчистить куртку, а потом этой же тряпицей протереть внутри салона все то, за что он успел схватиться мокрыми грязными руками.

В течение примерно получаса несчастный литературовед, судя по последовательности шумов, отмывал куртку, пытался замыть грязь на брюках, несколько раз выбегал из дома к машине и возвращался назад, чтобы прополоскать выданную ему тряпку, потом чистил ботинки. Все это время Настя с Лешей сидели на кухне и вполголоса обсуждали происшествие, заставившее ее с утра пораньше позвонить мужу и попросить его приехать.

— Это не может быть связано с работой, потому что ты сейчас не работаешь, — рассуждал Чистяков. — Значит, остаются только два варианта. Либо это уголовник, то есть банальный ворюга, пытающийся поживиться тем, что есть в доме, или маньяк какой-нибудь, нападающий на одиноких женщин, либо кто-то хочет с тобой разделаться из соображений мести. То есть по старым делам. Тебе что больше нравится?

— Мне больше нравится маньяк, — решительно заявила Настя. — Потому что когда он меня разглядит, то откажется от своего гнусного намерения. Я слишком старая и неинтересная, чтобы на меня сексуально нападать.

— Ищешь легких путей, матушка.

— А кто их не ищет? Ты много видел дураков, которые любят, чтобы было потрудней? Но тут мне более или менее понятно, что нужно делать. Я свяжусь с Чернышевым из областного управления, он мне скажет, бродит у нас по окрестностям маньяк или нет. Правда, он может оказаться начинающим, тогда хуже.

— Почему? — не понял Алексей.

— Потому что если он пока еще ничего не сделал, если он только еще примеривается к своему первому преступлению, то на него и материалов никаких нет, и не ищет его никто. А вообще-то ворюга тоже ничего, сойдет. Вот, предположим, он вчера заглянул через окно в дом, увидел, что здесь брать особо нечего, или, наоборот, что-то ему приглянулось. Но дом не пустой. Это для него минус. Допустим, он не сразу отказался от своего намерения, а решил посмотреть, понаблюдать. И увидел, что ночью рядом с домом периодически ходит охрана. То есть она в поселке имеется и дом без внимания не оставляет. Это еще один минус. Полезет он сюда, если у него хоть капля разума есть?

— Если капля есть — то не полезет, — согласился Леша. — А если и ее нет? У бомжей, молодежи и наркоманов с каплями, знаешь ли, проблематично.

— Это верно. Но мы с тобой зря время тратим, потому что охранник по имени Иван популярно растолковал мне, что я могу, ложась спать, сдавать дом под охрану. И если хоть кто-нибудь попытается залезть ко мне ночью, сигнализация сработает автоматически. Самое главное — не забыть утром, прежде чем открыть окно или дверь, позвонить им и снять дом с охраны. Как ты думаешь, я не забуду?

— Наверняка забудешь, — уверенно ответил Чистяков. — Уж мне ли не знать. Ляжешь спать, поворочаешься без сна часок-другой, потом встанешь, пойдешь на кухню покурить, потом откроешь окно, чтобы проветрить, и готово. Оставшуюся часть ночи ты будешь отстреливаться от охраны и доказывать им, что ты не воровка.

— Да ну тебя! Что ты меня пугаешь-то? Я по всему дому бумажки развешу с напоминанием. В общем, все не так страшно, как мне показалось вначале. Правда?

— С точки зрения уголовников — да, правда. А если это месть?

— Тогда хуже, — погрустнела Настя. — Но ты же не можешь поселиться здесь со мной навсегда. И между прочим, если это месть, то как этот народный мститель меня нашел на дюжинской даче?

— Хороший вопрос, — одобрительно кивнул Чистяков. — Позвони-ка домой и спроси, не искал ли тебя кто-нибудь и не говорили ли твои родственники кому-нибудь твой адрес и телефон.

— Я же просила их этого не делать! Ни в коем случае.

— Мало ли что ты просила. Там девочка маленькая по полдня одна, к телефону подходит, как ты ее проконтролируешь? И потом, опытный человек так может уболтать, что ты ему все свои секреты выложишь, не то что чужой адрес.

— Извините...

На пороге кухни возник смущенный филолог. Теперь он был куда более чистым, но зато гораздо более мокрым. С куртки неторопливо капала вода, в прошлом светло-серые брюки превратились в пятнисто-темные.

— Спасибо вам огромное, что выручили. Извините, что обременил вас. Тряпочку, что вы дали, я постирал и повесил там, в ванной, на батарею. Ничего? Или нужно было в другое место?

— Раздевайтесь, — решительно сказала Настя.

Ей вдруг стало до слез жаль этого тихого, не приспособленного к автомобильной технике интеллигента, попавшего в такую передрягу на грязной осенней дороге.

— Снимайте куртку, ее нужно повесить куда-нибудь, пусть высохнет. И с брюками надо что-то придумать, в них нельзя ехать, они же мокрые насквозь.

— Можно утюгом высушить, — предложил Чистяков. — Здесь есть утюг?

— Не знаю, я им не пользовалась. Но наверняка где-то есть.

Она поймала недоуменный взгляд мокрого гостя и с улыбкой пояснила:

— Это дача наших друзей, мы здесь всего на месяц поселились, поэтому не всегда точно знаем, что где находится и есть ли оно вообще. Леш, посмотри там, наверху, какие-нибудь Пашкины штаны, Валентина Николаевича надо быстренько переодеть, пока он окончательно не простудился.

— Спасибо, — филолог, казалось, окончательно смутился и растерялся. — Столько хлопот из-за меня... Право, не стоит, я поеду...

Он еще долго стеснялся и порывался уехать, а Настя и Леша его уговаривали, объясняя, что никаких хлопот он им не доставит, что гладить свои брюки он будет сам, что воду для чая варит чайник, а обед готовить им все равно придется, тем более мясо уже заказано и его скоро принесут. Наконец все как-то улеглось, утюг нашелся, а вместе с ним и гладильная доска, филолог из колледжа занялся делом, из магазина принесли отличную парную телятину, и Чистяков взялся за мясо, а жене поручил то, что нельзя испортить, — чистку картофеля.

— Я вот тут думаю, — неторопливо изрек Леша, отирая тыльной стороной ладони слезы, выступившие от репчатого лука, — приревновать тебя, что ли? Так, для разнообразия.

— Это к кому же? — неподдельно удивилась Настя.

— Да к нашему гостю незваному. То ты его страсть как не хотела, а потом, когда разглядела поближе, кинулась уговаривать остаться. Как это можно расценить?

— Как нормальное человеческое отношение. — Она ловко выковырнула из картофелины черный глазок. — Некоторые называют это добротой. Но таким холодным математикам, как ты, такое понятие неизвестно.

— Зато это понятие хорошо известно циничным милиционерам, которые от рождения отличались редкостным эгоизмом. Асенька, пойми меня правильно, я совершенно не против, что он остался, более того, я считаю, что ты поступила благородно и гуманно. И если я в этом деле не проявил инициативу первым, то исключительно потому, что был уверен: тебя это рассердит, ты этого не одобришь. Тебя всегда раздражают посторонние люди в доме, особенно если это требует от тебя каких-то усилий и хлопот. То, что ты сделала, совершенно не в твоем характере. Я имею полное право удивиться по этому поводу.

Она бросила в кастрюлю с водой очередную очищенную картофелину и осторожно почесала голову кончиком ножа.

— Леш, я сейчас скажу тебе одну вещь, только не смейся сразу, ладно?

— Ладно, — согласился он покладисто, — сразу не буду. Потом посмеюсь.

— Понимаешь, ничего в жизни не бывает случайным. Это только на первый взгляд кажется, что все происходит как броуновское движение. На самом деле во всем, в каждом столкновении двух частиц, есть тайный смысл, который может быть непонятным в первый момент, но который потом обязательно проявится.

— Глубокая мысль, — Чистяков с трудом сдержал усмешку, памятуя свое обещание не смеяться сразу. — И что из этого следует?

Но Настя скрытую усмешку все-таки заметила и рассердилась.

— Ничего не следует. Раз тебе смешно, я больше говорить не буду.

— Ну все-все, — он снова отер глаза, — прости. Продолжай, пожалуйста.

— Я поняла, — она внезапно улыбнулась. — Я просто не с того начала, не так объясняю. Давай я начну с другого конца.

— Валяй.

— Есть такое правило: будь благодарен всему, что с тобой происходит и тебя окружает. Ты сейчас не спрашивай, что это за правило и откуда оно взялось, я потом расскажу. Просто прими за аксиому, что оно есть. И вот я очень долго над ним думала, примеряла к своей жизни, к тому, что со мной происходит. И знаешь, что получилось? Даже те события, которые меня ужасно злили, или расстраивали, или я считала их лишними в своей жизни, мешающими, обременительными и все такое... так вот по прошествии времени эти события оборачивались чем-то хорошим для меня, чем-то полезным. Понимаешь? То есть, что бы ни случилось, нужно твердо знать, что это в конце концов обернется к твоему благу, и благодарить судьбу за это. Даже когда происходит что-то очень горькое, очень тяжелое, и тебе кажется, что это невозможно пережить, все равно надо верить, что вот ты это переживешь и приобретешь новую мудрость, новое понимание жизни, новое отношение к ней.

— Замечательно. Только я не вижу в этом ничего смешного. Над чем я должен был смеяться-то?

— Короче говоря, все, что происходит, для чего-то нужно. И если сегодня в нашем доме оказался этот грязный филолог, то это тоже для чего-нибудь нужно. И нельзя было его просто так отпускать. Конечно, если бы он ужасно торопился и рвался уезжать, тогда мы его отпустили бы, и это было бы правильно. Но он не торопился и не рвался, он хотел уехать только потому, что ужасно стеснялся и не хотел обременять нас лишними хлопотами и своим присутствием. То есть объективно все было за то, чтобы он остался. Он не случайно оказался сегодня с нами. Значит, это для чего-то нужно. Все. Теперь можешь смеяться. Я закончила с картошкой, принимай работу.

— Ха-ха-ха, — раздельно произнес Чистяков. — Откуда в тебе этот фатализм? Это тебя Дюжин напичкал такими сверхидеями?

— Ну, Дюжин, — угрюмо подтвердила Настя. — Леш, если ты с чем-то не согласен, это не значит, что это глупо. Просто ты с этим не согласен, и все.

— А ты согласна?

— Я — да.

— Ну и ладно. — Он улыбнулся, запустил руку в кастрюлю с начищенным картофелем, поворошил клубни, проверяя качество очистки, и удовлетворенно кивнул: — Картошку ты чистишь хорошо, и за это я готов многое тебе простить. И поскольку ты у меня мастер по построению версий, ну-ка расскажи, зачем в нашей с тобой жизни нужен этот литературный недотепа.

— Не знаю, — призналась она. — Может быть, во время разговора он скажет что-нибудь, одну фразу или хотя бы слово, и это натолкнет меня или тебя на интересную мысль. А если бы мы от него этого не услышали, то сами не додумались бы. Или вдруг окажется, что у него жена или близкий друг — самый-самый-пресамый крупный специалист по больным ногам и как раз мой случай — это его специальность, он именно по таким болезням диссертацию защищал. Или выяснится, что его родной брат — владелец или директор огромного банка, и им для каких-нибудь компьютерных дел нужен именно такой специалист, как ты, и они завтра же готовы взять тебя на работу, предоставить тебе немыслимый оклад и трехкомнатную квартиру в центре Москвы.

— Слушай, как ты с такой фантазией ухитряешься преступления раскрывать, а? Я-то думал, у меня жена — железный логик, а она оказалась кремлевским мечтателем. Вернее, болотниковским. А еще вернее — болотным. Ты много видела докторов физико-математических наук, которые сидели бы в банках на компьютерах? Там в основном мальчики-яппи подвизаются.

А кстати... была же у нее мысль спросить у Лешки, а она все забывала. Вот и вспомнилось к слову.

— Леш, — Настя оживилась, — ты ничего не слышал про доктора наук Волкову Аниту Станиславовну? Она должна быть по твоей специальности.

— Волкова А.С.? Была такая, но как-то незаметно. По-моему, даже красивая.

— Что значит «была, но незаметно»?

— А то и значит, что в сборниках периодически попадались статьи, подписанные этим именем. И даже, кажется, в каких-то монографиях я ее встречал в списке авторского коллектива. Пару раз она выступала на конференциях, очень давно. Но ничего выдающегося. Ни открытий, ни новых направлений, ни собственной школы. Она небось даже не профессор.

— Не знаю. А что это значит, если она не профессор?

— Это значит, что у нее нет учеников. Под ее руководством не защищались диссертации. Если бы у нее была хоть одна толковая монография, написанная не в соавторстве, а ею лично, с ее собственными оригинальными идеями и подходами, я бы тебе с ходу рассказал, что такое Волкова А.С.

— А разве так бывает, что ты доктор наук, а тебя никто в твоей науке не знает, кроме ближайшего окружения?

— Еще как бывает. Сплошь и рядом. Докторов уйма, а имен среди них — единицы. Твоя Волкова — доктор, но не имя. Она давно докторскую защищала?

— Давно, лет семнадцать назад примерно.

— Ну вот видишь! Она уже семнадцать лет доктор наук, а в науке за эти семнадцать лет от нее что осталось? След какой-нибудь заметный? Научная школа? Толпы учеников? Она не ученый, Асенька, а пшик, дутая величина. Уровень добросовестного старшего научного сотрудника, не более.

— Но она же докторскую все-таки написала, — возразила Настя. — Значит, не такой уж она пшик.

— Асечка, солнышко мое, одно дело — один раз напрячься и года за два-три написать докторскую диссертацию, и совсем другое — потом всю оставшуюся жизнь подтверждать, что ты действительно доктор наук. Руководить аспирантами, помогать им доводить их работы до ума, генерировать новые идеи, отстаивать их в трудах и публичных дискуссиях, создавать научную школу. Первое куда проще, нежели второе, поверь мне. Именно поэтому остепененных много, а настоящих ученых — по пальцам перечесть. А что тебе далась эта Волкова А.С.?

— А она как раз, будучи доктором наук, работает системным администратором. Мы про это заговорили, я и вспомнила. Как ты думаешь, наш литературный дружок свои портки не сожжет?

— Пойди проверь, — предложил ей Чистяков, помешивая на сковороде жарящийся лук.

— Я хромая! — возмутилась Настя. — Совесть имей.

— Имею. Я не могу доверить тебе лук, ты его проморгаешь. Значит, идти должна ты. Другого варианта нет.

— Но на второй этаж! Я уже сегодня один раз поднималась.

— А тебе нужно два, — невозмутимо ответствовал Алексей. — И вообще, пора уже подключать третий подъем. Ты мало тренируешь ногу. Давай иди, нечего рассиживаться.

— Ты не оставляешь мне выбора, — с горечью констатировала она. — А как же моя свобода?

— Напротив, Асенька, я предоставляю

тебе полную свободу выбора. Вот смотри. Ты можешь пойти наверх, потому что я тебе велю. В смысле — приказываю, а ты не смеешь ослушаться. Ты можешь пойти, потому что не хочешь со мной пререкаться и нарываться на скандал. Ты можешь пойти, потому что признаешь, что я всегда даю тебе правильные советы, и если я говорю, что надо идти, то идти действительно надо. Просто потому, что я умнее и опытнее. И наконец, ты можешь идти потому, что знаешь, что нога нуждается в постоянном тренинге, и чем больше ты будешь ее нагружать, тем быстрее поправишься. У тебя выбор из четырех вариантов, а ты говоришь — свободы нет! Вот она, свобода, выбирай — не хочу.

— Ты хочешь сказать, что если не можешь выбрать действие, то всегда можешь выбрать мотивацию?

— Умна не по годам, — восхитился Чистяков. — Не зря я тебя столько лет пестовал. Вот я, между прочим, настоящий профессор, потому что у меня есть такая ученица, как ты. Это дорогого стоит.

Настя послушно поплелась к лестнице, повторяя про себя только что услышанное. Да, бывает, что ты не можешь выбирать, что тебе делать, потому что есть только один вариант. Он тебе неприятен, ты этого не хочешь, но у тебя нет выбора. Тогда что остается? Выбрать мотивацию, по которой ты это делаешь. Ты никогда не окажешься загнанным в угол, потому что у тебя всегда остается возможность выбора если не самого действия, то мотивов, по которым ты это действие все-таки совершаешь. И ты всегда свободен выбрать именно тот мотив, который сделает такое неприятное и трудное действие если не легким, то по крайней мере приемлемым. А если довести ситуацию до абсурда? Например, человек приговорен к смертной казни. Он не может уже ничего выбирать в своей жизни, потому что за него приняли решение: он должен умереть. И сбежать он не может, в тюрьме стены толстые и хорошо охраняются. И выжить он не может. Тогда что?

У него остается свобода выбора решить, почему он должен умереть. Потому, что так решило сволочное государство в лице сволочей-судей. Или потому, что так распорядилась судьба. Или потому, что он совершил отвратительное и жестокое преступление и теперь должен за это расплатиться, это справедливо. Или потому, что он сделал на этом свете все, что хотел, и больше ему все равно жить не для чего. Или потому, что все, что было на земле интересного, он уже увидел и узнал, и теперь ему хочется увидеть и узнать, а как «там»?

Большой выбор. И человек может выбрать ту мотивацию, с которой ему легче будет уходить.

Не существует угла, в который можно загнать. Потому что всегда есть выбор.

Последняя ступенька. Надо побольше думать, когда так углубляешься в размышления, то боли не замечаешь. Где там наш школьный автомобилист со своими мокрыми штанами? Если бы не он, Насте не пришлось бы сейчас подниматься на второй этаж. И не было бы препирательств с Чистяковым. И не сказал бы он эту замечательную фразу про возможность выбора мотивации, если не можешь выбрать действие.

Может быть, именно для этого судьба послала им начинающего автолюбителя? Ничего не происходит просто так, во всем есть скрытый глубинный смысл, который может проявиться далеко не сразу...

* * *

— Понимаете ли, на самом деле я графоман, — с открытой улыбкой заявил Валентин Николаевич за обедом.

Он добросовестно высушил брюки при помощи утюга, после чего выяснилось, что на них остались ужасающего вида грязные разводы и потеки. И поскольку обед был уже почти готов, было высказано предложение сесть за стол, а многострадальные светло-серые брюки бросить в стиральную машину. Хуже в любом случае не будет. Филолог Валентин Николаевич опять начал ужасно стесняться, но при этом признался, что торопиться ему совершенно некуда. Машину он купил действительно полгода назад, но права получил только в начале осени. Колледж закрыли на год в связи с необходимостью капитального ремонта помещения, всех педагогов отправили в неоплачиваемый отпуск, и теперь Валентин Николаевич использует неожиданно образовавшееся свободное время для того, чтобы научиться как следует водить машину и написать наконец давно задуманную книгу.

С машиной все было понятно, он выезжал рано поутру, пока центр города еще относительно свободен, рулил направо и налево, изучая повороты и проезды, а к разгару рабочего дня выбирался за Кольцевую и наматывал километраж вместе с опытом. Потом останавливался где-нибудь в приличном месте, отдыхал, обедал, долго пил кофе и делал наброски к будущей книге. Под вечер, когда основная масса автомобилей двигалась из центра в спальные районы и за город, ехал в обратном направлении.

И так каждый день. Его упорству можно было позавидовать.

— А о чем будет ваша книга? Литературоведческое эссе? — поинтересовалась Настя.

Вот в этом самом месте Валентин Николаевич и признался, что он графоман.

— Я хочу написать детектив. И не один, а много.

— Хотите прославиться? — с едва скрытым ехидством спросил Алексей.

— Да ну что вы! — рассмеялся филолог, блеснув отличными зубами, совершенно точно не искусственными. — Денег хочу заработать. На сегодняшний день детектив — самый денежный жанр. У меня есть свободный год, просто грех не воспользоваться им, чтобы создать хоть какой-то материальный фундамент для семьи.

— В общем разумно, — не могла не согласиться Настя. — Но почему вы уверены, что у вас получится?

— А я и не уверен. Но хочу попробовать: а вдруг да получится? Стилем и слогом я вполне владею, сюжеты можно брать из газет и всяческой криминальной хроники, этого сейчас много. Правда, я совсем ничего не понимаю в этих следственных делах, кто кому подчиняется, кто чем занимается, кто за что отчитывается. Но это не беда, можно ведь писать про частных сыщиков, или про журналистские расследования, или вообще про мстителей-одиночек. Именно так сегодня почти все и пишут, в милицейской работе ведь мало кто понимает. Вот вы сами любите детективы?

— Обожаю, — признался Чистяков, — особенно детективов. Некоторых.

Настя фыркнула и расхохоталась.

Валентин Николаевич перевел глаза с него на Настю, потом снова посмотрел на Алексея и слегка нахмурился:

— Я не понял вашей шутки, Алексей Михайлович. Я задал неуместный вопрос? Тогда прошу меня извинить.

— Нет, это вы меня извините, — Чистяков покаянно склонил голову. — Дело в том, что Анастасия самый настоящий детектив, она работает в уголовном розыске. И я ее очень люблю. Просто обожаю.

— Что вы говорите?!

Его глаза стали огромными, как плошки. И вообще, в своем явно недешевом джемпере и в старых дюжинских спортивных штанах с лампасами он выглядел достаточно нелепо, а тут еще это выражение крайнего изумления, смешанного с недоверием... И не донесенная до рта рука с зажатым в ней огурцом. Короче, картинка та еще.

— Вы работаете в уголовном розыске?

— Работаю, — подтвердила Настя, стараясь не смотреть на гостя, чтобы не подавиться от смеха.

— Честное слово?

— Честное. Хотите, удостоверение покажу?

— Нет, что вы, это я так... От смущения веду себя как ребенок. А ваша нога — это... да? Ранение во время выполнения задания?

У него на лице огромными буквами было написано желание услышать подтверждение своей догадке и страшную историю о том, как брали маньяка, который отстреливался и ранил женщину-оперативника. Господи, подумала Настя, все мужики как дети, даже если они кандидаты филологических наук и учат детей в колледже разумному, доброму и вечному. Помани их стрелялкой, и они тут же теряют всю свою строгую научность и превращаются в мальчишек.

— Нет, Валентин Николаевич, мне придется вас разочаровать. Это было не задержание, а самая обычная автоавария. Так что учитесь водить машину как следует.

К тому времени, когда стоящая в ванной на первом этаже стиральная машина зазвенела, раздраженно сообщая, что она сделала все, что могла, а кто может лучше, тот пусть и делает, они успели не только закончить обедать, но и дважды варили кофе и выпили по чашке чаю с пушистыми булочками, которые теперь пришлись как нельзя кстати. Выстиранные и подсушенные «под утюг» брюки были подвергнуты придирчивому осмотру. В целом ничего, на прием к французскому послу, конечно, в них идти уже нельзя, но ездить на машине и заходить в придорожные ресторанчики — вполне можно. Многострадальный филолог снова полез на второй этаж работать утюгом. И Настя с удовольствием подумала о том, что он сейчас уедет и она сядет рядом с Лешкой на диванчик перед камином и попросит у него прощения. За все, за все. За двадцать семь лет знакомства, наверное, много обид у него накопилось. Вот обо всех и поговорим.

— Ася, я побуду с тобой до завтрашнего утра, а дальше что? — неожиданно спросил Алексей.

— А дальше ты уедешь и вернешься только к выходным, — беззаботно ответила она.

— Но ты ведь будешь бояться.

— Не буду. Леш, утром я поддалась дурацкой панике, я ведь не знала, что дом можно сдавать на охрану. Я и буду его сдавать, и не только ночью, но и днем. Видишь, как все просто. Я с тобой поговорила, все обсудила, и теперь мне совсем не страшно. Правда-правда, честное-пречестное.

— Я вот о чем подумал... Только ты сразу не рычи на меня, ладно?

— Не буду. Я буду пищать, как полураздавленная мышь. Так о чем ты подумал?

— Мы могли бы заключить с этим графоманом взаимовыгодный контракт. Он будет приезжать сюда каждый день, ему ведь все равно, в какую сторону кататься, лишь бы километры мотать. Если нужно, наколет тебе дров или сделает что-нибудь полезное, такое, что тебе самой не под силу. Ты напо-

А. Маринина

ишь его чаем, дашь пару бутербродов, пусть отдыхает и развлекает тебя разговорами.

— Меня не нужно развлекать, — сердито возразила Настя. — Мне здесь совсем не скучно. И меня не нужно охранять, здесь есть профессиональная охрана, а из него защитник, прости за выражение, как из пластилина пуля. Что ты выдумал, Чистяков?

— Ася, я хорошо тебя знаю. Это пока за окнами светло, ты такая самостоятельная и никто тебе не нужен. А как стемнеет, всю эту дурь как рукой снимет, и ты снова начнешь бояться, и прислушиваться к каждому шороху, и сидеть в трех сантиметрах от спасительной кнопки, боясь отойти в туалет. Что я, не знаю, что ли? Ты все утро на стуле у окошка просидела, забыла? И хочешь так целыми днями сидеть? И особенно вечерами, когда за окном уже ничего не видно, и от этого еще страшнее?

В каждом его слове была правда, Настя не могла этого не признать. Он действительно хорошо ее знал, гораздо лучше, чем она знала себя сама.

— И что ты предлагаешь? — дрогнувшим голосом спросила она.

— Я предлагаю попросить Валентина Николаевича, чтобы он в будние дни приезжал сюда во второй половине дня, часам к шести, когда начнет темнеть, и находился здесь до десяти вечера. Или до одиннадцати, это уж как он сможет. Потом ты сдаешь дом под охрану и ложишься спать.

— И как ты собираешься его уговорить? Ему-то это зачем нужно? Предложишь ему денег?

— Ну зачем же, я предложу ему тебя.

— Думаешь, польстится? — Настя с сомнением оглядела себя, остановив взгляд на больной ноге.

— На то, о чем ты подумала, — точно не польстится, — усмехнулся Леша. — Ты будешь рассказывать ему то, что он так хочет узнать, чтобы создавать свои бессмертные детективы. Как устроены ваши службы, кто кому подчиняется, кто за что отвечает и так далее. Расскажешь ему всякие страшные истории, и смешные тоже. Мне кажется, обмен равноценный.

— Это тебе так кажется. У него может быть принципиально иное мнение на этот счет.

— Может быть, — не стал возражать Алексей. — Но сначала мне хотелось бы узнать твое мнение.

Ей очень хотелось отказаться. Ей не нужен был этот совершенно чужой человек, хотя и очень милый, обаятельный, и приятный собеседник, и вообще он симпатичный, образованный... Но он ей не нужен. Она прекрасно справится сама, без всяких там филологов-графоманов.

Но тут же она вспомнила вчерашний

вечер. И ей стало жутко. Лешка прав, она храбрая, только пока светло. Есть у нее, Насти Каменской, такая особенность. И вроде бы темноты она особо не боится, но именно в темноте легко впадает в панику, начинает видеть то, чего нет, и слышать звуки, которых не было. Именно в темноте в голову ей лезут чудовищные, нагоняющие ужас мысли. Именно в темноте она теряет способность мыслить хладнокровно и последовательно. Это появилось только в последние годы, раньше такого не было.

Но что будет, если она все-таки откажется от Лешкиной идеи? Тогда Лешка, ломая весь свой рабочий график, будет приезжать к ней каждый вечер. И она постоянно будет чувствовать себя виноватой перед ним.

— Хорошо, — вздохнула она. — Попробуй поговорить с ним. Я не против.

К ее удивлению, филолог тоже оказался не против. Он догладил свои брюки, переоделся, натянул высохшую куртку, горячо поблагодарил за помощь и пообещал приехать завтра к шести вечера.

* * *

— Ну что, дружище Олег? Можно считать, что мы победили? — Игорь Васильевич Чуйков радостно потер руки и разлил дорогой коньяк в два пузатых бокала на низких ножках.

Олег Ахалая, заместитель Чуйкова, не был в этом так уж уверен. Денег они пока не получили, но редакция газетенки, нагло оболгавшей их, сегодня выразила готовность пойти на мировое соглашение и выплатить требуемую сумму в размере семисот тысяч долларов. В рублях, конечно, но это сути не меняло. Другой вопрос, что устно можно согласиться с чем угодно, а вот ждать обещанного обычно приходится долго. Но Чуйков подстраховался, для разговора с владельцем газетки взял с собой не только своего зама Ахалая, но и Руслана Багаева. Багаев не был прямой «крышей» Чуйкова, но он связан с Дроновым, а Дронов-то как раз и есть покровитель фирмы «Практис-Плюс». Владелец газеты тоже привел «своего» авторитета, некоего Гамзата. Встречались в ресторане. Пока Чуйков, Ахалая и газетчик попивали минералку и кофеек, Руслан с Гамзатом о чем-то базарили вполголоса, отойдя в другой конец зала и заняв отдельный столик.

Потом дислокация поменялась. Гамзат присел за стол к владельцу газеты, а Чуйков с Олегом отошли и сели вместе с Русланом.

— Он заплатит, — процедил медленно Руслан. — Никуда не денется. Сроку просит десять дней. Соглашаешься?

Игорь Васильевич вопросительно по-

А. Маринина

смотрел на Олега. Слишком покладистым быть тоже нехорошо.

— Десять дней — много, — так же медленно ответил Олег, нарочито утрируя кавказский акцент, которого у него, коренного москвича, отродясь не было. — Восемь дней.

Еще полчаса переговоров, и стороны наконец приступили к обеду, сойдясь за одним столом. Если деньги не будут вовремя выплачены, в дело вступят Багаев и Гамзат. Гамзат выступает гарантом того, что деньги будут заплачены, Багаев же гарантирует, что, если этого не произойдет на добровольных началах, он применит аргументы своеобразного порядка. Но будем надеяться, что до этого не дойдет.

Чуйков вернулся в офис окрыленным. Надо же, все получилось, как та девица и предсказывала. Надо бы поблагодарить ее, подарок какой-то сделать или долю отстегнуть. Хотя насчет доли она ни слова не говорила, когда предлагала фирме Чуйкова свой странный план. Даже телефона своего не оставила. Только имя ее известно: Ксения. Как ее искать?

— Надо будет — сама нас найдет, — с ледяным спокойствием ответил Ахалая, отпивая коньяк маленькими глоточками. — Но поблагодарить надо, тут ты прав. Неблагодарность — это нехорошо, бог не простит.

— Странно все-таки, что она не объявляется, — покачал головой Чуйков. — Неужели ей деньги не нужны?

— Может, и не нужны.

— Тогда зачем она это все придумала?

— Газету разорить хотела. Или просто подставить. Может, там главный редактор и сам хозяин — ее любовник, который ее бросил. Или кинул. Бабы, Игорек, не такие корыстные, как мы, мужики. Но зато они ужасно мстительные. Ты это запомни на будущее. И если она появится, стелись перед ней ниже травы, чтобы, не дай бог, ничем не обидеть. Если такая, как эта Ксения, захочет тебе отомстить, тебе не выжить.

ГЛАВА 10

Свое десятилетие холдинг «Планета» отмечал с известным шиком, сняв для этих целей один из залов в «Славянской-Рэдиссон». Помимо сотрудников холдинга, были приглашены и почетные гости, и так называемые «друзья фирмы» — люди, оказывавшие «Планете» те или иные ценные услуги. Разумеется, в числе приглашенных был и Валерий Риттер, как человек, дававший фирме полезные и дельные консультации по организации менеджмента. Риттера, как требуют правила хорошего тона, пригласили с супругой, но он пришел один. Коренастый, медведеподобный, с некрасивым умным лицом и в идеально сидящем смокинге, он переходил от одной группы гостей к другой, постоянно с кем-то общался, но выражение озабоченности, отмеченное присутствующими в начале вечера, постепенно сменилось сначала раздражением, а потом и тревогой. Он то и дело выходил из зала, где было довольно шумно, доставал из кармана мобильник и куда-то звонил. И после каждого звонка сердился и тревожился все сильнее.

— Валерий! Наконец-то я тебя нашла! Тут столько народу — не протолкнуться.

Он обернулся и увидел Любочку, финансового директора «Планеты» и младшую сестру Аниты.

— Ты один? А Лариса где?

— Она работает, — сухо ответил Риттер. — Лара не любит отвлекаться, когда у нее прилив трудового энтузиазма. А ты здесь с кавалером?

— Тоже одна, — улыбнулась Люба, и Риттеру показалось, что губы у нее дрогнули, будто она собиралась заплакать.

— Ладно, будешь моей дамой на этот вечер. Тебе что-нибудь принести? Выпить, закусить?

— Спиртного не надо, мне еще домой ехать, я за рулем. Водички какой-нибудь с газом... — неуверенно попросила Люба.

— Может, сок? Или кофе?

— Можно и сок. Вишневый. Там, кажется, есть. Или персиковый.

— А из закусок?

— Ничего не нужно, Валерий, я не голодна.

Взяв для нее сок, а для себя виски, Риттер сквозь плотную толпу пробирался к Любе, издалека разглядывая родственницу. По ее виду не скажешь, что не голодна. Скорее ей кусок в горло не лезет. Несмотря на тщательный макияж, выглядела Люба не лучшим образом, и красиво наложенные тени не скрывали потухший взгляд, а тональная пудра только подчеркивала углубившиеся носогубные складки и скорбно опущенные уголки губ. Даже дорогой костюм, обычно плотно обтягивающий ее пухленькую округлую фигурку, казался висящим на манекене, словно был велик на два размера. Похудела Любаша, что ли?

— Ты отлично выглядишь, — бодро заявил Риттер, протягивая ей стакан с соком. — Очень похудела. Или это костюм тебя так стройнит?

— Ерунда, ничего я не похудела, если верить весам, то все мои килограммы при мне.

Она отпила сок и постаралась улыбнуться, но вымученность застывших губ не укрылась от Валерия.

— Тогда я скажу иначе. Ты очень плохо

А. Маринина

выглядишь, Люба. Что-то случилось? Ты не болеешь?

Риттер никогда без особой нужды не прибегал к таким глупостям, как деликатность и тактичность. Некоторые считали его грубоватым, сам же он называл эту черту своего характера прямотой.

Где-то совсем рядом грянул оркестр, перекричать который не было никакой возможности, и Люба вместо ответа только покачала головой.

— Давай отойдем, — громко произнес Риттер прямо ей в ухо.

Она молча кивнула и двинулась следом за ним. Даже походка у нее стала какой-то тяжелой и неуверенной, отметил Валерий, а ведь Люба всегда ходила легко и стремительно, будто бежала навстречу чему-то неизвестному, но необыкновенно приятному.

Им удалось найти свободный столик подальше от музыкантов, правда, за ним можно было только стоять, но это все-таки лучше, чем ходить по залу с бокалами и тарелками в руках. Ни руку протянуть для приветствия, ни расслабиться.

— Если ты не хочешь рассказывать о своих неприятностях, то и не надо. Скажи только, я могу тебе чем-нибудь помочь?

— Нет, Валера.

Он молча проглотил «Валеру», хотя в другое время непременно поправил бы ее и напомнил, что не терпит уменьшительных имен по отношению к себе.

— Ну хорошо, я не могу быть тебе полезным. А кто-нибудь вообще может? Если да, то я могу помочь найти такого человека.

— Спасибо, Валера. Мне никто не может помочь. Спасибо тебе за заботу, но тут я сама... Я должна сама справляться.

«Наверняка любовная история, — подумал Риттер. — Тут действительно никто помочь не может. И зря я к ней пристаю».

— Ты справишься, — с преувеличенной уверенностью сказал он, легко потрепав Любу по руке, — ты же умная и сильная. Все пройдет, все забудется, поверь мне. Давай-ка я принесу тебе осетрины, очень вкусная, я уже пробовал.

И, не дожидаясь ни согласия, ни отказа, он решительно направился к буфету. Однако, когда Валерий вернулся к столику, Любы за ним не было. Высокий стакан из тонкого стекла с недопитым вишневым соком стоял в компании с пустым низким толстостенным стаканом, из которого Риттер пил виски. В пепельнице дымилась сигарета со следами красно-коричневой помады на фильтре. Куда это Любаша сорвалась, осетрины не дождалась, сигарету не докурила? Не иначе, в туалет побежала, плакать. Ничего, проплачется и вернется.

Он собрался было отправить в рот аппетитный кусочек рыбы, но внезапно снова накатило раздражение, и Риттер со злостью бросил вилку на стол. Достал телефон, позвонил Ларисе в мастерскую. Никто не ответил. Перезвонил на ее мобильный. Абонент временно недоступен. Отключила? Батарея разрядилась? Или находится там, куда мобильная связь не достает? Например, в метро. Или в каком-нибудь подвале. Хотя у Ларки своя машина, но с этими ее сомнительными подружками, лесбиянками и наркоманками, она может оказаться где угодно. А может быть, она уже дома, мирно пьет чай в компании с Ниной Максимовной или смотрит телевизор? Нет, не может быть, Нина тут же перезвонила бы ему и сказала, что Ларка вернулась, мать знает, как он нервничает, со вчерашнего вечера не может жену найти. Дома она не ночевала, но это дело обычное, хотя прежде она всегда отвечала на звонки и Валерий точно знал, что она спит в мастерской. Целые сутки от нее ни слуху ни духу. Это может означать только одно: пристрастие к наркотикам сделало новый виток, теперь она или дозу сильно увеличила, или употребляет что-то другое, от чего мозги напрочь отшибаются и теряется представление о том, что нужно все-таки хотя бы звонить домой, пусть не приходить, но хоть объявляться, чтобы близкие не сходили с ума от волнения и не искали по подворотням, милициям и моргам.

Но домой он на всякий случай позвонил. И ничего нового не услышал. Нина Максимовна тоже тревожилась, правда, по несколько иному поводу.

— Сынок, приезжай, пожалуйста, — жалобно попросила она. — Я боюсь. Если Лариса такое себе позволяет, то я могу представить, в каком состоянии она явится домой. Я боюсь оставаться с ней одна.

Конечно, мать думала только о том, что будет, когда невестка вернется домой. А Риттеру было все равно, что будет, лишь бы вернулась наконец. Лишь бы нашлась. Или хотя бы позвонила.

Надо ехать в мастерскую, открывать дверь своим ключом и смотреть, что там и как. Может быть, Ларка сдуру передознулась и теперь лежит там одна, без сознания, и некому ей помочь?

Эта мысль приходила ему в голову неоднократно в течение всего дня, и Риттер уже брался за пальто, собираясь ехать, но вспоминал отвратительную картину, которую увидел, когда неожиданно нагрянул в мастерскую вместе с Анитой, и снова вешал пальто в шкаф и возвращался в кабинет. Нет, не готов он столкнуться с этим еще раз. А ведь может быть и кое-что похуже, например, не одна партнерша, а несколько. Или свальный грех, разнузданная оргия. Зачем ему это видеть? Достаточно того, что он вполне допускает: это может быть. Он понимает, почему это происходит, и знает, кто в этом виноват. Не Ларка, а он сам. Он не сделал все возможное, чтобы ей помочь, а сама себе она, дурочка, может помочь только таким вот идиотским способом, подхлестывая воображение и испытывая на прочность эмоции.

Но вдруг с ней беда и она нуждается в помощи? Надо ехать, твердил себе Риттер, быстро проталкиваясь сквозь толпу гостей и машинально раскланиваясь со знакомыми. Надо ехать. Он подойдет к двери и послушает. Если там шум и веселье, значит, с женой все в относительном порядке, он тихонько развернется и уйдет. Если там тишина, он осторожно откроет дверь и войдет. Он только посмотрит. Он не станет устраивать сцены, не будет никого выгонять, не начнет орать и махать руками. Ему только нужно убедиться, что Лара не нуждается в помощи, что она жива. Он даже постарается, чтобы его никто не заметил. Он только убедится, успокоится и тут же уйдет.

А если ее нет в мастерской? Что тогда делать?

По длинному коридору, мимо ресторанов и бутиков, Риттер шагал в гардероб, продолжая автоматически отвечать на приветствия и пожимать руки. Впереди мелькнул знакомый костюм. Любаша?

Он догнал ее уже в гардеробе, когда Люба судорожно просовывала руки в рукава длинного плаща.

— Ты уходишь? — удивился он.

— Ты тоже, — сквозь зубы ответила она, не глядя на него.

— У меня срочные дела, — зачем-то начал оправдываться он. — И потом, я все-таки гость, это не мой праздник. А ты работаешь в «Планете»...

— Я работаю матерью, и у меня маленькие дети.

Люба выглядела не то встревоженной, не то сердитой — Риттер не разобрал. Но ему и не хотелось сейчас вникать, у него свои проблемы, с ними бы разобраться, а Любашино настроение само как-нибудь наладится.

К выходу они шли вместе. И не сказали друг другу ни слова, пока не оказались на крыльце гостиницы. Риттер позвонил водителю и велел подъезжать к входу.

— Где твоя машина?

— Вон там, — Люба показала куда-то в сторону. — Счастливо тебе. Передавай привет Нине Максимовне и Ларисе.

— Спасибо, передам.

Спустившись по ступенькам, Люба обернулась, помахала ему рукой и улыбнулась как-то жалко и потерянно. Валерий помахал в ответ и долго смотрел, как она идет к машине своей новой походкой, тяжелой и безрадостной.

Приглашение на прием по случаю десятилетия холдинга «Планета» Селуянов получил без труда.

Накануне он просидел добрых два часа в кабинете у заместителя генерального директора по персоналу и в итоге вместе с новой информацией унес с собой пригласительный билет на два лица, который поклялся использовать не для того, чтобы привести девицу на светскую тусовку и нажраться на халяву, а исключительно в служебных целях.

Зам генерального по фамилии Исканцев, как показалось Селуянову, искренне горевал о Галине Васильевне Аничковой.

— С Галиной Васильевной занималась моя падчерица, дочь жены от первого брака. У девушки была тяжелейшая депрессия, а после курса у Аничковой она буквально расцвела. И никаких таблеток! Для меня было очень важным, чтобы без лекарств, понимаете?

— Понимаю, — кивнул Селуянов. — Откуда вы узнали про Аничкову? Кто вас с ней свел?

— Приятель, владелец одной торговой фирмы. У него как-то вдруг дела пошли очень успешно, я, естественно, поинтересовался, в чем секрет, он мне и рассказал про Галину Васильевну и про то, что заключил с Аничковой корпоративный договор. Он использовал очень правильный, на мой взгляд, метод. Ведь наш русский человек страсть как не любит признаваться в том, что у него проблемы и он ходит к психологу или там к психоаналитику. Все стараются это скрыть. А проблемы-то есть, и совершенно очевидно, что они мешают успешно работать, а если успешно не работают отдельные сотрудники, то какой же может быть успех у всех вместе?

— Никакого, — согласился Николай. — И что сделал ваш приятель из торговой фирмы?

— Он оповестил весь личный состав, что фирма оплачивает услуги психолога для всех. При этом никто не обязан отчитываться или ставить кого бы то ни было в известность, занимается он с Аничковой или нет. Более того, даже желательно, чтобы все было строго конфиденциально. С Аничковой заключается что-то вроде трудового соглашения, в котором записано, что она в течение шести месяцев является как бы штатным психологом фирмы и занимается со всеми, кто пожелает. За это ей выплачивается гарантированное вознаграждение, достаточно высокое. Мы пошли по такой же схеме.

— Что-то я не понял, — остановил Исканцева Селуянов. — Ведь у Аничковой должен был быть оплачен каждый сеанс, верно?

— Верно.

— Как же вы могли заранее знать, сколько человек к ней обратится и сколько сеансов она проведет за эти шесть месяцев?

— Мы и не знали. Мы исходили из средних показателей. Аничкова уже несколько раз работала на фирмы, и по ее опыту выходило, что к ней обращается примерно каждая десятая женщина из числа сотрудников, а мужчины — только в единичных случаях. Крайне редко, одним словом. Мы прикинули, сколько женщин из нашего персонала могут гипотетически захотеть позаниматься с кинезиологом, но коллектив у нас преимущественно мужской, женщины работают в основном в финансовой службе и в рекламном отделе. Ну так вот, прикинули количество женщин, добавили несколько единиц на мужчин и получили сумму гонорара, которая устроила и ее, и нас.

— А если бы к Аничковой обратилось меньше людей, чем вы запланировали? Получается, вы бы переплатили.

— Значит, это наш риск, — Исканцев развел руками. — Мы на него пошли.

— А если бы, наоборот, народу оказалось больше, чем вы посчитали, Аничковой пришлось бы с частью людей работать бесплатно?

— Это ее риск. И Галина Васильевна с

ним согласилась. Она говорила, что в ее практике бывало и так, и эдак, но в итоге среднестатистический показатель все равно выдерживается. Поймите, Николай Александрович, мы вынуждены идти на это, чтобы сохранить конфиденциальность. Если бы мы стали требовать от сотрудников приносить в бухгалтерию справки от Аничковой, подтверждающие, что с ними был проведен сеанс, вся идея умерла бы на корню. Никто бы к ней не пошел, кроме самых любопытных. Не те пошли бы, заметьте себе, кто действительно нуждается в помощи психолога, а те, кому просто интересно, что же это за штука такая — кинезиология, и кто к тому же не страдает комплексами и не боится признаться, что ходил к психологу. Нет-нет, и мое собственное понимание ситуации, и опыт всех других фирм, с которыми работала Аничкова, показывают, что только полная конфиденциальность может дать положительный результат. Разумеется, есть люди, которые с удовольствием рассказывают коллегам о своих визитах к такому специалисту, но их очень мало, уверяю вас.

— То есть вы лично не знаете, кто из персонала «Планеты» занимался с Аничковой?

— Представления не имею.

— И даже не знаете примерно, сколько человек к ней обратились?

— Нет, Николай Александрович, не знаю.

— А если бы Галина Васильевна была жива, вы могли бы у нее спросить?

— Странный вопрос... — Исканцев слегка поерзал в кресле, поискал глазами что-то на потолке, но, вероятнее всего, не нашел, потому что снова посмотрел на Селуянова. — Она не ответила бы. Вернее, не так. Если бы я спросил, сколько человек из нашей фирмы ходят на ее сеансы, она бы, разумеется, ответила, ведь это необходимо для оценки финансовой стороны наших с ней отношений. Но фамилий она не назвала бы. Это совершенно точно.

— Почему вы в этом уверены?

— У нее такая репутация. Это ее железный принцип. Она никогда и ни при каких условиях не разглашала имена своих клиентов, не говоря уж о том, что ни с кем не обсуждала их дела и проблемы.

Это Селуянов уже слышал неоднократно, поскольку после гибели Аничковой оперативники опросили огромное число людей, как клиентов Галины Васильевны, так и просто знакомых и друзей.

— Получается, что, если я найду среди ваших сотрудников хотя бы одного клиента Аничковой, этот человек не сможет мне сказать, были ли другие клиенты и кто именно, — уточнил Николай.

— Скорее всего, так и будет. Если только это не две задушевные подружки, которые все друг о друге знают. А вы, собственно, к чему клоните-то?

— Да есть у меня одно соображение... Видите ли, в отличие от вас я знаю имена тех ваших сотрудников, кто ходил на сеансы к Галине Васильевне.

— Даже так? — вздернул брови Исканцев. — Откуда, позвольте спросить?

— Из личных бумаг Аничковой. Она действительно никому ничего не рассказывала, но для себя-то записи делала. И мне необходимо с этими людьми подробно побеседовать.

— Зачем? Что они могут знать об убийстве? Или вы кого-то из них подозреваете? Глупости! — решительно оборвал сам себя Исканцев. — Зачем человеку убивать своего психолога?

— Ну что вы, зачем же так, — поспешил успокоить его Селуянов. — Мы никого из них ни в чем не подозреваем. Но обстоятельства сложились так, что все они были на сеансах у Аничковой накануне и в день ее смерти. И может быть, она говорила им что-нибудь, например, об угрозах, или о том, что ее шантажируют, или она чего-то боится, или какие-то странные события происходят в ее жизни. Нам важна каждая мелочь, вплоть до настроения, в котором находилась Аничкова перед убийством. Но если я буду вызывать этих людей в мили-

А. Маринина

цию или беседовать с ними в помещении фирмы, всем станет ясно, почему я интересуюсь именно ими, и будет нарушена та самая конфиденциальность, о которой вы так печетесь. И я, кажется, знаю, как мне поговорить с ними, чтобы не вызвать ни у кого лишних вопросов.

Селуянов врал вдохновенно и без запинки. Никто из сотрудников «Планеты» не был у Аничковой ни в день убийства, ни накануне. Всех, с кем она общалась в течение последних дней перед гибелью, уже по десять раз опросили сыщики и тщательно допросил следователь. Ни на угрозы, ни на шантаж, ни на странные события Галина Васильевна никому не жаловалась, была весела, жизнерадостна и приветлива, как всегда.

Но нужно было найти хитрый и незаметный способ подобраться к Любови Григорьевне Кабалкиной, которая договорилась с Аничковой о встрече, а потом зачем-то решила этот факт скрыть. Зачем? От кого? Ведь Аничкова все равно никому ничего не рассказала бы.

Кабалкина причастна к убийству кинезиолога. Но, судя по тому, что она не скрылась, а спокойно продолжает ходить на службу, она не очень-то опасается за свою судьбу. Сейчас ей впору и вовсе успокоиться, ведь две недели прошло с момента убийства, а ее и пальцем никто не тронул, ни одного вопроса не задали. Значит, обошлось. Значит, ее имя не всплыло и можно не дергаться. Она знает о репутации Аничковой, стало быть, уверена, что никто из сотрудников «Планеты» о том единственном визите ничего не знает. Сама же Кабалкина, естественно, никому ничего не говорила и теперь пребывает в полной уверенности, что уничтоженный листок из ежедневника окончательно решил все проблемы. Никто и никогда не сможет связать ее с кинезиологом.

Вот и не нужно, чтобы она дергалась.

Но зачем надо было убивать Аничкову? Что между ними произошло? Какая тайна, разглашения которой так боялась Кабалкина, их связывала? Ведь Аничкова умела хранить чужие секреты, она бы никому не проболталась, что бы Кабалкина ей ни наговорила, в какие бы откровения ни пустилась. Чертовщина какая-то!

Но в ежедневнике была еще одна запись, которая и натолкнула Селуянова на вполне хулиганскую мысль. Запись свидетельствовала о том, что Галина Васильевна была приглашена на вечеринку по поводу десятилетия холдинга «Планета».

— Насколько я знаю, вы приглашали Аничкову на свой праздник, — сказал он Исканцеву. — Если я не ошибаюсь, он состоится как раз завтра.

— Да, — грустно подтвердил зам гене-

А. Маринина

рального по персоналу, — это был бы очень хороший ход, мне его подсказал мой приятель, ну тот, из торговой фирмы. У них тоже был какой-то повод коллективно собраться, не то Новый год, не то Рождество, и он пригласил Аничкову и публично представил ее всему коллективу. Вот, мол, если кто еще не знает, это та самая наша Галина Васильевна, которая так успешно работает со многими из нас и очень нам помогает. На самом деле к ней на тот момент ходили только два человека, но все купились, решили, что действительно ходят многие, а они сами чем хуже? Тем более если помогает. После этого народ буквально валом повалил. Тут ведь большую роль играют личные впечатления. Вам, к сожалению, не довелось встречаться с Галиной Васильевной, а я с ней неоднократно общался, еще когда падчерицу к ней привозил. Необыкновенного обаяния была женщина, от нее такая положительная энергетика исходила, что вот только подойдешь к ней — и настроение само поднимается, как бы хреново тебе ни было в тот момент. Удивительная была женщина!

В его словах звучала неподдельная горечь, видно, этот Исканцев по-настоящему хорошо относился к Аничковой.

— Мне нужно попасть на ваш завтрашний прием, — твердо заявил Селуянов. —

Только не спрашивайте зачем. Договорились?

— Конечно, конечно.

Исканцев вытащил из ящика пригласительный билет с незаполненной строчкой после витиевато выпечатанных слов «Уважаемый господин (госпожа)».

— На ваше имя? — спросил он.

— Да. Селуянов Николай Александрович. Но на два лица, — на всякий случай напомнил Коля.

— Разумеется.

Исканцев собственноручно вписал в билет имя и протянул Селуянову.

— И еще, — не унимался Коля. — Я приду с человеком, которого вы, наверное, знаете.

— Кто же это?

— Племянник Галины Васильевны.

— А, да-да, конечно, я неоднократно видел его, когда приезжал с Леночкой... Неприятный тип. По-моему, он алкоголик.

— По-моему, тоже, — легко согласился Николай.

— Вы полагаете, ему место на таком мероприятии, как празднование...

— Господин Исканцев, — строго перебил его Селуянов, — я полагаю, что присутствие племянника Аничковой на завтрашнем празднике нужно мне для дела. Поэтому я попрошу вас, если придется, делать вид, что вы лично его пригласили и рады его присутствию. Не вздумайте говорить, что вы не знаете, кто это и как он сюда попал. Вы меня поняли?

— Понял я вас, понял, — с тяжким вздохом ответствовал Исканцев.

— Тогда я пошел, — Коля лучезарно улыбнулся. — То, что я занимаюсь убийством Аничковой, в вашей фирме знают все. Так что никаких излишних секретов вокруг моей персоны разводить не стоит. Но содержание нашего с вами разговора должно остаться между нами. Это тоже понятно?

— Уж куда понятней...

Выйдя из офиса «Планеты», Селуянов помчался на квартиру Аничковой, где пока еще проживал ее беспутный племянник. Дома его не оказалось, но благодаря основательной проверке версии о причастности молодого человека к убийству были хорошо известны все места, где его скорее всего можно отыскать. Николай методично обследовал все записанные в блокноте адреса и уже через полтора часа нашел Геннадия Аничкова в дешевой пивнушке в компании с тремя похожими друг на друга молодцами, застрявшими в своем физическом облике ровно на середине пути от дворовой шпаны к рано постаревшему бомжу. Впрочем, к точке «бомж» они были, пожалуй, ближе.

Селуянова Гена узнал, и никакой радости встреча у него не вызвала. Он зачем-то схватил кружку с пивом обеими руками и начал быстро-быстро хлебать мутный напиток, как будто сыщик явился единственно за тем, чтобы отобрать у него то, что он еще не успел выпить.

— Ну, чего еще? — недовольно спросил Аничков, когда Селуянов подошел к столику.

— Да много чего, — усмехнулся Коля. — Пошли, поговорить надо.

— О чем еще говорить-то? Все уж переговорено сто раз.

— Ничего, сто первый тоже лишним не будет. Пошли-пошли, ты все равно уже все выпил.

Полубомжи заняли нейтралитет, в разговор не вмешивались и всем своим видом показывали, что ежели Селуянов из легавки и у него к Генке есть вопросы, то они с этим Генкой незнакомы, ничего не знают и лучше их ни о чем не спрашивать.

На улице, один на один с Селуяновым гонору у Геннадия заметно поубавилось: видно, находясь в компании собутыльников, он рассчитывал на их поддержку.

— Чего надо-то? — снова спросил он, но уже без откровенного хамства.

— Помощь твоя нужна, Гена. Ты не забывай, ты листок из ежедневника украл? Украл. За деньги отдал? Отдал. То есть ты являешься пособником убийцы. Это понятно?

А. Маринина

— Да никакой я не... — попытался возмутиться Аничков, но захлебнулся.

— Я спрашиваю: понятно или нет?

— Ну, понятно. И чего? В тюрьму теперь, что ли?

— В тюрьму пока рано. На прием пойдешь.

— На... куда?! — вытаращил глаза Генка.

— В общем, Аничков, слушай меня внимательно. Два раза повторять не буду. Сейчас ты идешь в парикмахерскую и приводишь в порядок голову. Сосулек вот этих, — Селуянов больно дернул прядь сальных бесцветных волос, — чтоб не было. Потом идешь домой, отмываешься в ванной до скрипа и ложишься в постель. Спишь до утра. И никакой выпивки. Завтра... Да, кстати, у тебя костюм есть, приличный какой-нибудь?

— Есть.

— Откуда?

— Тетя Галя в том году еще купила, когда я на работу устраивался.

— Чистый?

— Да неношеный совсем, два раза всего надел...

— Нормально, сойдет, все и так знают, что ты не бизнесмен. Значит, завтра спишь как можно дольше, из дому не выходишь, водку не пьешь, пиво тоже. Я тебе напишу на бумажке слова, ты должен их выучить наизусть и произносить легко и непринужденно, как будто ты на самом деле так думаешь. К пяти часам ты должен быть умыт, причесан и одет. Желательно зубы почистить. Я за тобой заеду.

— Это для чего надо-то, я не понял?

— Что «для чего надо»? Зубы для чего чистить? — поддразнил его Селуянов. — Или умываться для чего надо?

— Костюм надевать, слова какие-то учить... Вы меня не втягивайте!

— Ой-ой-ой, нужен ты больно, втягивать тебя во что-то, — презрительно протянул Николай. — Да кто тебя будет втягивать, ты ж дурак дураком, на тебя надежды никакой, любое дело завалишь. Себе дороже выйдет.

Он достаточно пообщался с племянником покойной Галины Васильевны в первые дни после убийства и хорошо представлял себе, как нужно с ним разговаривать, чтобы добиться своего.

И конечно же, своего Селуянов добился. Сам лично довел Гену до парикмахерской, объяснил мастеру, что не нужно ничего сверхсложного, только помыть волосы и чуть-чуть постричь, чтобы было прилично. Сам же с мастером и расплатился, благо, оказалось недорого. Отвел парня домой, еще раз проинструктировал, забрал ключи, запер дверь и ушел. На прощание сказал:

— И помни, Гена, если ты будешь умницей, то завтра окажешься в таком месте, в каком никогда не был и больше не будешь. Пятизвездочный отель, жратвы и выпивки навалом — и все бесплатно. Наделаешь глупостей — упустишь свой шанс, такая возможность больше не повторится. Грязным, мятым и пьяным я тебя туда не возьму. Поэтому ключи я забираю, а если вздумаешь из окна вылезать — костей не соберешь. Усвоил?

Похоже, Геннадий Аничков был не совсем безнадежен, потому что сказанное усвоил. Когда назавтра Селуянов явился, как и обещал, к пяти часам, молодой человек был при костюме с галстуком, выбрит и даже чем-то благоухал. Коля подозревал, что это были духи его тетушки, потому как вряд ли этот оболтус имел собственную туалетную воду.

— Молодец, — похвалил его Николай. — Слова выучил?

— Вроде...

— Давай проверим.

Прорепетировали несколько раз, получилось, по мнению Селуянова, очень даже неплохо.

— Ну, Гена, поехали благословясь. Ты куртку-то не надевай, она у тебя позорная, в такой в гостиницу не пустят, — остановил его Николай, когда Гена попытался напялить поверх костюма то, в чем он сидел в пивнушке.

— А как же? Холодно ведь, — растерялся Аничков.

— Ничего, потерпишь. В машине тепло.

Дорога до «Славянской» по московским вечерним пробкам заняла много времени, и на праздник, начало которого было объявлено на шесть вечера, Селуянов со своим спутником прибыли только к семи. Народу к этому времени набралось уже достаточно, чтобы можно было легко затеряться в толпе. Теперь нужно было отыскать Любовь Григорьевну Кабалкину и улучить удобный момент. Кабалкину Коля видел один раз, и то издалека, попросил Сережку Зарубина показать ему фигурантку. Серега привез Селуянова вечером к дому, где жили родители Кабалкиной, и они терпеливо ждали, сидя в машине, пока Любовь Григорьевна выйдет, держа за руки сыновей.

— А выпить когда можно? — Гена нетерпеливо дергал Селуянова за рукав.

— Уже можно, — разрешил Коля. — Только немного, мы еще дело не сделали. Вот сделаем — тогда можешь пить сколько хочешь.

— А жрачку можно брать?

Глаза парня горели огнем голода, возбуждения и любопытства.

— Бери, бери, только без свинства.

Минут через тридцать Коля увидел Кабалкину. Она выходила из зала в холл. Сыщик, схватив Аничкова за руку, дернул следом, но на пороге остановился: Кабалкина разговаривала с каким-то коренастым, внушительного вида хмурым мужиком. Нет, так не пойдет, для осуществления задуманного нужно, чтобы дамочка была совсем одна, ни с кем не разговаривала и ни на что не отвлекалась, иначе выстрел может оказаться холостым. Коле обязательно нужно было, чтобы она услышала то, что должна была услышать.

— Это мы ее, что ли, пасем? — с азартом новообращенного детектива прошептал Аничков.

— Ага, ее.

— А она ничего, аппетитненькая. Это она тетку грохнула, да?

— Ты бы заткнулся, — вполне доброжелательно посоветовал Селуянов. — Пойди возьми пару бутербродов, на мою долю тоже.

Как назло, стоило Геннадию отойти к буфету, как Кабалкина осталась одна, ее кавалер, или кем там он ей приходится, отправился за напитками. Черт, вот жалость-то! Такой момент упущен. Ладно, будем ждать следующего.

Кабалкина в сопровождении мужика вернулась в зал, потом громко заиграла музыка, и парочка стала пробираться в дальний угол, где потише. Они встали за столик, поставили стаканы, о чем-то заговорили.

— Смотри, Гена, — тихонько проговорил Селуянов, — они встали за столик, значит, скорее всего, будут есть. Если все по правилам, то мужчина пойдет за едой, а женщина останется караулить столик, потому что если они отойдут оба, то столик через пять секунд займут. Давай-ка, дружочек, готовность номер один — и ловим момент.

Николай рассчитал правильно. Очень скоро мужчина направился в сторону буфета, а Кабалкина отпила еще немного из своего стакана и достала из сумочки сигареты и зажигалку.

— Вперед, — скомандовал Селуянов, подталкивая Гену в спину.

Они встали за спиной у Кабалкиной, но так, чтобы она имела возможность, слегка повернув голову или даже просто скосив глаза, увидеть лицо Аничкова.

— Не скучно тебе здесь, Гена? — задал вопрос Селуянов и подмигнул.

— Да ну, рожи все знакомые, — брюзгливо, как и просил Николай, затянул свою партию Аничков. — Я каждого второго у тети Гали видел, всем двери открывал.

— Так уж и каждого второго?

— Ну, не второго, так пятого. Не верите? У меня зрительная память знаете какая? Кого раз увижу — до смерти не забуду. Вообще-то тетя Галя, покойница, меня стеснялась, клиентам не больно-то показывала, даже когда я дома был. Но мне-то любопытно, она с ними в комнате разговаривает, а я в замочную скважину подглядываю.

— Нехорошо, Гена, — укоризненно произнес Николай. — Зачем же подглядывать?

— А ну, какая разница-то, хорошо — нехорошо. Вон тетя Галя, покойница, всю жизнь как праведница прожила, только то, что хорошо, делала, а толку? Убили, сволочи, не пожалели, не посмотрели, что праведница. Ножом пырнули и в грязи под дождем бросили. А она так хотела на этот праздник прийти! Только и разговоров было... Даже костюм новый купила...

Гена, в соответствии со сценарием, захлюпал носом и достал из кармана платок. Платок был чистым, потому как принадлежал Селуянову, своего у парня не оказалось, это еще дома обнаружилось.

Кабалкина бросила в пепельницу недокуренную сигарету, метнула на стоящих за спиной мужчин быстрый взгляд, полезла в сумку и достала мобильник.

— Алло! Я слушаю!

Кому это она там «алекает»? Селуянов мог бы поклясться, что телефон у нее не звонил. Кабалкина тем временем, прижимая аппарат к уху, быстро направилась к выходу из зала. Вроде как плохо слышно, шумно очень. Селуянову прекрасно известны были эти приемчики с телефонами, чтобы переместиться из одного места в другое.

Ну что ж, Любовь Григорьевна, мы довели до вашего сведения, что есть человек, который мог видеть вас у Аничковой, и если видел, то непременно узнает в лицо, память у него хорошая. Посмотрим, что вы будете делать дальше.

Ага, стоите возле лестницы и кому-то названиваете. Что-то вам никто не отвечает... Не везет, Любовь Григорьевна. Бывает. Сыщикам тоже не всегда везет. Уж не сообщника ли своего вы пытаетесь разыскать, чтобы срочно сообщить ему пренеприятнейшее известие? К вам едет ревизор. Из Петербурга, с секретным предписанием.

Что, опять никто не отвечает? Ай-яй-яй, беда какая. Ну и дальше что? Вниз, по коридору, мимо ресторанов и бутиков, к гардеробу. Уходить с праздника, стало быть, решили. Чего ж так рано-то? Там еще столько всего вкусного осталось.

Ого, а вот и кавалер ваш следом за вами кинулся. Что ж вы его бросили, не попрощались даже? Нехорошо, некрасиво, воспитанные дамы так не поступают. Уходите вместе, но как чужие, вроде и рядом идете, и как будто порознь. Еще бы, его можно понять, он таким вашим поведением недоволен, а вам и оправдываться неохота, уж больно вы озабочены своими собственными проблемами.

Так, как будем разъезжаться? Порознь? Каждый на своей машине? Ага, вот и ручкой друг другу помахали, стало быть, действительно прощаются.

Ну и ладно, номер машины вашего спутника мы срисуем и уже завтра будем знать о нем все, что нужно. Может, это и есть ваш сообщник? Может, это ему вы пытались быстренько позвонить, чтобы не метаться в толпе и не искать его по всему залу? А он не ответил, потому что буфетная стойка находится прямо рядом с оркестром и там никакой звонок не слышен, хоть обзвонись.

Но если эта горилла в смокинге — ваш, мадам Кабалкина, сообщник, то почему вы уезжаете не вместе? Вам бы сейчас самое время сесть рядком да потолковать ладком, обсудить ситуацию. А вы разъезжаетесь.

Впрочем, с чего Селуянов решил, что они разъезжаются? Вполне возможно, они едут в одно и то же место, только каждый на своей машине. У богатых, говорят, это принято.

Коля увидел, как от стоянки отъехала неприметная «девятка» и двинулась следом за машиной Кабалкиной. Умница, Витек, хоть и не гигант речи, но дело свое знает. Теперь можно спокойно возвращаться в зал, где его ждет голодный и жаждущий выпивки Генка Аничков. Он свою роль сыграл и теперь должен получить обещанное вознаграждение. Обещания нужно выполнять.

Уже глубоко за полночь судебно-медицинский эксперт закончил осмотр трупа. Ему ужасно хотелось одновременно пить и спать, и он никак не мог решить, чего хочет сильнее.

Эксперт широко зевнул, с трудом поднялся на ноги, при этом суставы его выразительно хрустнули. Молоденький оперативник протянул ему бланк протокола осмотра тела, который заполнял под диктовку медика. Тот быстро пробежал глазами написанное и одобрительно кивнул:

— Ничего не напутал, хвалю. Личность-то установили?

— А как же, — отозвался оперативник постарше, с которым медик уже много раз встречался на местах происшествий. — Риттер Лариса Сергеевна.

— Риттер Лариса Сергеевна, — судебный медик произнес эти слова медленно, со вкусом. — Красивое имя. И девка красивая была. Жалко.

— А некрасивых тебе не жалко? — усмехнулся оперативник.

— Мне всяких жалко. А больше всех — себя. Сколько нормальный человек за свою жизнь трупов видит? А я сколько вижу? Вот то-то.

Он медленно побрел к двери и стал натягивать старенькое пальто поверх халата.

А. Маринина

80

Пить или спать? Нет, пожалуй, все-таки пить. Какой-то гадостью накормили его сегодня в столовой.

ГЛАВА 11

Уютный разговор с Чистяковым у камина так и не состоялся, сперва все что-то мешало: то новоиспеченный автолюбитель со своим колесом, вернее, с последствиями его смены, потом медсестра, делавшая массаж, потом обязательная прогулка, потом ужин... И настроение пропало.

Тем более часть времени пришлось потратить на телефонные звонки, как запланированные, так и внеплановые.

В первую очередь Настя позвонила к себе домой и долго выпытывала у всех проживающих, кто ей звонил. Ведь для того, чтобы найти ее на чужой даче в Болотниках, требовались некоторые усилия. Конечно, если человек, подглядывавший за ней накануне, был обычным уголовником, присматривающим очередную добычу, то ему было совершенно все равно, Каменская живет в этом доме или какой-нибудь Иванов-Петров-Сидоров. Но если что-то замышлялось конкретно против нее, Анастасии Павловны Каменской, то нужно было каким-то образом узнавать, где она находится.

Дома ей сообщили, что никто так уж сильно ее и не разыскивал, в основном все звонящие удовлетворялись ответом, что она в санатории на долечивании, и дополнительных вопросов не задавали. Единственное исключение составил некий дядя Женя, который позвонил, когда дома была только девочка-дошкольница. Дядя Женя проявил настойчивость и выпытал-таки у ребенка, что тетя Настя ни в каком не в санатории, а вовсе даже на даче у своего знакомого дяденьки, только где эта дача — неизвестно. Телефон там есть, наверное, но его никто не знает, потому что, если надо, тете Насте звонят на мобильник. Нет, тете Насте там не скучно, потому что к ней каждую неделю на выходные приезжает дядя Леша.

Вот такие дела... Настя терялась в догадках, кем мог бы быть этот таинственный дядя Женя, даже всю записную книжку на всякий случай пролистала два раза и старательно перезвонила всем знакомым абонентам по имени Евгений. Никто из них ее не искал, да их и всего-то оказалось трое: двое — с Петровки, один — из другого города, где он вполне благополучно и пребывал, ответив на Настин звонок по домашнему телефону.

— Глупость какая-то! — в сердцах бросила она, швыряя записную книжку на диван. — Что еще за Женя меня разыскивал? И почему у него есть мой телефон, если он сам в записной книжке у меня не числится?

— А какая связь? — не понял Чистяков.

— Это означает, что я сама ему свой телефон не давала. Леша, я, может, и плохой опер, но все-таки милиционер, я не раздаю свои телефоны, особенно домашний, направо и налево, я телефонами только обмениваюсь, понимаешь? Если я готова общаться с человеком, я даю ему свой номер и записываю его. Мне очень не нравятся ситуации, когда у кого-то есть мой телефон и он или она могут мне звонить, когда захотят, а я даже не знаю, где этого человека искать и как ему позвонить.

— Ты не злись, — посоветовал Леша, — от твоей злости ответы на вопросы не появятся.

Настя безнадежно махнула рукой:

— Да я не злюсь, просто я не люблю, когда я не понимаю. Этот таинственный Женя мог элементарно выследить тебя по пути из Жуковского сюда, в Болотники.

— Мог, — согласился Чистяков, укладывая дрова в камине, — но для этого он должен знать по меньшей мере, где я живу или работаю и как выгляжу. Вот тебе и будет чем заняться до завтрашнего утра. Повспоминай, кто из твоих доброжелателей знает меня или хотя бы видел нас вместе.

— Когда Тришкана брали, — сразу же ответила Настя первое, что пришло на ум. — Там и ты был, и я. Когда он Арсена убил, помнишь?

— А как его звали, Тришкана этого?

— Виктором, по-моему. Да, точно, Виктор Тришкан.

— Не Женя, значит... — разочарованно протянул Алексей.

— Ой, Леш, да ничего это не значит, он по телефону мог назваться как угодно, хоть королем Иордании Хусейном. Важно, что он видел нас вместе и что с того момента прошло достаточно лет, чтобы он мог отсидеть и выйти на свободу. И вообще, это может быть кто угодно из конторы Арсена, контору-то мы до конца не разгромили, так только, верхушку сняли, кто под руку попался. А они ведь следили тогда за мной очень серьезно, и телефон мой знали, и адрес, и каждый мой шаг фотографировали.

— Н-да, малоприятно. А еще кого-нибудь вспоминаешь?

— Еще, еще, еще... — задумчиво бормотала Настя. — Да, вот еще был случай, когда мы годовщину свадьбы с Сашкой и Дашкой в ресторане отмечали, помнишь?

— Миллион лет назад.

— Не преувеличивай, всего шесть. Там в этот день гулял издатель, которого мы разрабатывали, ужинал с деловыми партнерами, и я с ним даже танцевала. Сначала Санька пригласил на танец его даму, а потом уж сам издатель повел танцевать меня.

— Помню, как же, — зло усмехнулся Чистяков, — сначала ты пыталась меня заставить ее пригласить.

— А ты отказался. Зато верный брат Саша принял удар на себя.

— И что, издатель таки оказался страшным преступником и теперь может тебе столь же страшно мстить?

— Да нет, по нашей части там ничего не высветилось, все больше по налогам и сборам, ну и еще кое-чего по мелочи, на судебный приговор не хватило. Мы им занимались, потому что он был организатором убийства, но доказать не смогли, привлекли только исполнителей. Леш, мы с тобой не в том направлении ищем.

— Почему?

— Потому что сыщикам не мстят. Преступники прекрасно понимают, что мы их ловим не от ненависти, а по обязанности, работа у нас такая. Если мы ее не выполним, нам начальство голову отвернет. Ни нам, ни следователям не мстят. Мстят, Лешенька, только судьям. Потому что от нашего добровольного решения не зависит, поймать или не поймать, нам приказано поймать — и мы ловим. А вот судья выносит приговор, руководствуясь внутренним убеждением, и если в статье, допустим, указана санкция «от трех до восьми лет лишения свободы», то он может дать восемь, а может ведь и три, а еще закон разрешает ему назначить наказание ниже низшего предела, то есть он может и не три года дать, а два или год. Или сколько угодно лет, но ус-

ловно. Или вообще признать обвинение не-
доказанным и освободить подсудимого в
зале суда. Поэтому судье за приговор очень
даже мстят.

— А с сыщиками и следователями что
делают, если им не мстят?

— Их, Леш, используют. Или качают из
них информацию, или запугивают, чтобы
они что-то делали или чего-то не делали.
Какой смысл меня запугивать? Я же ничего, ну ровным счетом ничего не делаю.
Я болею, никого не трогаю и тихо починяю
свой примус. В смысле — ногу.

— Тогда это маньяк, — сделал оптими-
стичный вывод Чистяков. — Ты, кажется,
собиралась звонить в областное управление.

— Маньяк звонил мне домой и назы-
вался дядей Женей? — усомнилась она. —
Как-то это, знаешь ли...

— Маньяк — это маньяк, а Женя сам по
себе. Тайный поклонник какой-нибудь, ты
с ним потом разберешься.

Настя позвонила Андрею Чернышеву,
недавно назначенному на один из руково-
дящих постов в областном управлении внут-
ренних дел, и попросила его выяснить насчет пока не пойманных преступников,
орудующих на территории области, в частности, в том районе, где находится поселок
Болотники. Чернышев обещал перезвонить
в течение получаса.

Теперь нужно было звонить Короткову. Где-то тут валялась бумажка, на которой Настя записала номер машины... Да где же она? Ведь недавно совсем на глаза попадалась!

— Леша, ты бумажку не видел?

Иногда ей удавалось формулировать свои вопросы с потрясающей точностью. Зато формулировка ответов у ее мужа-математика получалась просто фантастической.

— Какую именно и где именно я должен был ее видеть?

— Маленькая такая, желтенькая, стикер. Там номер был записан.

— Какой номер?

Терпения Чистякову было не занимать, и Настя это оценила.

— Прости, солнышко, что-то я сегодня выражаюсь невразумительно. Я записала номер машины нашего филолога на маленькую желтенькую бумажку. Она тебе не попадалась?

— Ася, маленькая желтенькая бумажка висит прямо перед твоим носом, ты ее на стенку приклеила. Посмотри, это она?

Так и есть, она. Висит прямо перед Настиными глазами.

— И зачем ты записала номер его машины?

— Лешенька, я тебе уже говорила, что я, может, и плохой опер, но все-таки милиционер. Неужели ты думаешь, что я буду ежедневно проводить время в пустом доме с человеком, который неизвестно откуда взялся и неизвестно что собой представляет? Я пока еще в своем уме.

— Ты что, не поверила ему? — изумился Чистяков.

— А почему я должна ему доверять? Он назвал свое имя и профессию, но документов-то я не видела. Мало ли каким проходимцем он может оказаться.

— Ну-ну, проверяй, — скептически произнес Алексей.

Коротков долго не мог взять в толк, зачем ей нужно узнать, кто является владельцем синих «Жигулей» шестой модели.

— Дурь какая-то, — недовольно ворчал он, разобравшись наконец в Настиных объяснениях. — Друзей, что ли, нет? Обязательно надо чужого человека приваживать? Совсем ты, мать, обалдела в своих выселках.

— Юрик, в том-то все и дело, что это выселки. Друзей не так уж и много, и все работают, и машина есть далеко не у каждого. А тут подвернулся человек с машиной, которому все равно, куда ездить, лишь бы ездить, и который временно не работает, и у которого есть интерес ко мне приезжать, а не просто чувство долга. Во всяком случае, он так сказал. Короче, если тебе неохота возиться, так и скажи, я кого-нибудь другого попрошу.

— Да, как же, попросит она, — продолжал бухтеть Юра, хватаясь за ручку и подтягивая к себе чистый лист бумаги. — Давай диктуй.

В ожидании ответов от Андрея Чернышева и от Короткова Настя прилегла на диван и уставилась на огонь, пылающий в камине. Почему-то сегодня вид пляшущего пламени не завораживал ее, даже, наоборот, мешал и раздражал. Неужели она так сильно испугалась и перенервничала? Или дело в том, что огонь хорош для работы души, но не очень-то подходит для профессиональных размышлений?

Первым отзвонился Чернышев. Никаких действующих маньяков на данный момент на территории области не зафиксировано, но, конечно, Настя права, это может быть человек, только собирающийся совершить свое первое преступление. Андрей пообещал связаться с отделом милиции, на территории обслуживания которого расположен поселок, и попросить проверить на всякий случай всех, кого надо. Так сказать, в профилактических целях. Если же это не маньяк-убийца или насильник, а вор или грабитель, то дело безнадежное, пока он ничего не совершит, никто и возиться не станет. Такие нынче нравы в милицейской среде.

Спокойней от такой информации не стало. Настя без аппетита поужинала, пытаясь отвлечься разговорами о пустяках. Лешка был прав, ох как прав — как только стемнело, тревога стала нагнетаться с какой-то невероятной скоростью. Днем, при белом свете, все страхи казались ей ерундовыми и легко преодолимыми, ведь есть сигнализация, и можно сдать саму себя в запертом доме под охрану, и вообще бояться совершенно нечего. Но как только окна превратились в темные четырехугольники, мысли сразу утратили бесшабашность и беззаботность.

Чистяков включил телевизор, с восьми до половины одиннадцатого — его время, Настя это знала и не сопротивлялась. С восьми до без пяти девять — «Вести» и «Вести-Москва», с девяти — программа «Время», с десяти — «Сегодня». Новости были, в сущности, одними и теми же, но Алексею почему-то нравилось смотреть поочередно все три информационные программы.

Коротков объявился совсем поздно, в начале двенадцатого. Голос у него был усталым и злым.

— Все в порядке с твоим филологом, — начал он без предисловий. — Машина записана на него самого, поставлена на учет в мае этого года, фамилия его Самарин. Валентин Николаевич Самарин, кандидат филологических наук. Находится в годичном неоплачиваемом отпуске. Преподает в колледже литературу. Если хочешь, запиши адрес и телефон.

Настя записала.

— Ты чего такой, Юра? — осторожно спросила она. — Опять пожар? Или просто устал?

— Просто устал. От простых пожаров, — сердито ответил Коротков. — Помнишь, Сережка Зарубин все голову морочил с Волковой, ее любовником и ее алиби?

— Помню, конечно.

— У нее еще сестра есть и брат, с которыми он все рвался встретиться.

— Да-да. И что с ними не так?

— Да все не так, черт бы их побрал! — внезапно взорвался Коротков. — Сестра оказалась замешана в убийстве, только уже в другом.

— Я знаю, это дело Селуянова.

— А у брата жену убили. И это уже наше дело. Афоня, друг любезный, расстарался, муж убитой, видите ли, бизнесмен, а сама она — талантливая художница. Будет о чем с прессой поговорить. Ладно, подруга, извини, что на тебя сорвался, нервы как тряпки стали.

Настя и не думала обижаться на него.

— Ничего, Юр, имеешь право, при такой-то работе. Это ты меня извини, у тебя очередной труп, а я со своими глупостями пристаю. Спасибо тебе.

— Не на чем.

Ну и семейка! Две сестры и брат, и рядом с каждым — убийство. При этом расстояние от фигуранта до убийства с каждым разом делается все короче. Первой погибла психолог-кинезиолог Аничкова, но с Любовью Кабалкиной ее если и связывали какие-то отношения, то уж точно не близкие и давние, в противном случае это сразу же стало бы известно. Потом убивают актрису Халипову, и она оказывается хорошо знакомой с Волковой, старшей сестрой Любы Кабалкиной. А теперь убита и жена брата, связь — ближе некуда. У брата какая-то нерусская фамилия... Ах да, Риттер, сын известного художника. Может, это родовое проклятие? Сама Настя в этом не разбирается, надо будет у Паши Дюжина спросить.

— Ну что, Настя? Что Коротков-то сказал?

Господи, Лешка задает свой вопрос уже в который раз, а она и не слышит.

— Да все в порядке, — отмахнулась она. — Его фамилия Самарин, этого, который с колесом.

— Ну, Самарин. И что дальше?

— Он правду говорил, ничего не наврал. Действительно купил машину полгода назад, и действительно филолог, кандидат наук, преподает в колледже. В общем, все в порядке.

— Ну слава богу, — Чистяков с облегчением перевел дыхание и снова уставился в телевизор.

— Давайте-ка все сначала, Валерий Станиславович.

— Да сколько же можно!

— Столько, сколько нужно, чтобы я все понял. Вы давали показания сотрудникам окружного УВД, я бы не хотел опираться на их пересказ, мне нужно все услышать самому. Итак, при каких обстоятельствах вы обнаружили тело Ларисы Сергеевны?

Коротков изнемогал от усталости, но перекинуть свою работу на подчиненных не мог. Аська права, семья какая-то заколдованная, и нужно работать со всеми одновременно. Мише Доценко поручили мать Риттера, свекровь потерпевшей, Сереже Зарубину — Любовь Кабалкину, поскольку они как-никак знакомы и контакт найти будет легче. Коля Селуянов, рвавшийся в бой в части раскрытия убийства Аничковой и готовый ради этого оказывать любую помощь, вызвался поговорить с домработницей Риттеров Риммой Лесняк. Важно было со всеми работать одновременно, потому как семья есть семья, связи могут быть крепкими, начнут друг друга покрывать и выгораживать, и нельзя дать им возможность предупреждать друг друга и сговариваться о показаниях. Коротков искренне жалел, что Каменская на больничном, а то он отправил бы ее вытряхивать информацию из Аниты Волковой. Кому поручить беседу с Волковой, он решить не мог и оставил эту часть работы для себя. Хорошо бы, конечно, отправить к ней Мишаню Доценко, но неизвестно, когда он закончит со свекровью... Впрочем, когда сам Коротков закончит опрашивать мужа убитой Валерия Риттера, тоже не было понятно. В общем, кто первым освободится, тот и поедет к Волковой. В отделе полно молодых сотрудников, но Сережка Зарубин как порассказал, какая она из себя, эта сестра Риттера, так стало ясно, что иметь с ней дело должен опытный опер.

Риттер Короткову не нравился. Этому не было объяснения. Просто не нравился — и все тут.

— Я приехал в мастерскую к Ларисе, в Большой Харитоньевский переулок. Открыл дверь своим ключом и увидел ее...

— Вы сразу открыли дверь или сначала позвонили?

— Позвонил, но мне никто не открыл. Тогда я воспользовался ключом.

— Зачем вы туда приехали? Вы договаривались о встрече?

— Господи, я ведь объяснял уже! Лариса не ночевала дома, целые сутки от нее не было вестей, и я начал искать ее. В первую очередь, разумеется, в мастерской.

— Вот на этом давайте остановимся подробнее, Валерий Станиславович. Когда вы в последний раз видели жену?

— Во вторник утром. Я уходил на работу, а она еще спала.

— И после этого...

— После этого я ее не видел. Только разговаривал с ней по телефону.

— Когда именно?

— Во вторник днем.

— А точнее?

— Примерно часа в три — в половине четвертого.

— Вы ей позвонили или она вам?

— Я позвонил ей в мастерскую, она сказала, что работает и что у нее все в порядке.

— А что-то могло быть не в порядке?

— Послушайте, не цепляйтесь к словам! Это обычный разговор, когда один человек спрашивает, как дела, а другой отвечает, что все нормально, все в порядке. Обычный разговор, понимаете?

— Понимаю, понимаю. Лариса Сергеевна не сказала вам, когда собирается вернуться домой?

— Нет, не сказала. Когда она усиленно работает, такой вопрос не имеет смысла. Она не чувствует времени. Поэтому я не забеспокоился, когда она не пришла домой ночевать. Я был уверен, что она спит в мастерской.

— Вы в тот день больше ей не звонили?

Вопрос Риттеру не понравился, хотя был, на взгляд Короткова, абсолютно невинным. Во всяком случае, пауза, которую взял муж потерпевшей, совсем крохотная пауза, от Юры не укрылась.

— Нет, не звонил. Лариса не любит... не любила, когда ее отрывают от работы.

— Хорошо. Когда вы начали беспокоиться?

— Вчера. В среду вечером, — зачем-то уточнил Риттер, сосредоточенно разглядывая безупречно ухоженные руки, с широкими ладонями и корявыми короткими пальцами.

— Почему? Вы же были уверены, что ваша жена работает. Или нет?

— Она продолжала не отвечать на звонки и сама ни разу не позвонила ни мне, ни моей матери. Это на нее не похоже. Тогда я решил поехать в мастерскую и посмотреть, все ли в порядке. Может быть, телефон не работает.

— Валерий Станиславович, я прошу вас отнестись к моим вопросам более серьезно. Я ведь не развлекаюсь тут с вами, мне нужно преступление раскрывать.

— Я не понимаю вас, Юрий Викторович...

— Вы очень хорошо все понимаете. Лариса Сергеевна часто не приходила домой ночевать?

— Ну... случалось.

А. Маринина

— С какой периодичностью? Раз в неделю, два раза или, может быть, раз в месяц?

— По-разному.

— Бывало так, что она не приходила ночевать по нескольку дней подряд?

— Да, такое бывало.

— И вы никогда не беспокоились?

— Она всегда звонила и предупреждала.

— Вы точно знаете, что в этих случаях она ночевала именно в мастерской, а не где-то в другом месте?

— Я точно знаю.

— Откуда? Валерий Станиславович, не заставляйте меня вытягивать из вас каждое слово клещами. Пожалуйста, я прошу вас, расскажите мне о вашей жене сами. Все, что знаете. Откуда вы знаете, что Лариса Сергеевна ночевала именно в мастерской, если не дома?

— Я ей звонил. И приезжал несколько раз.

— То есть вы ее проверяли?

— Можете назвать это так, если угодно.

— Почему? Вы ей не доверяли? У вас были основания для ревности? Валерий Станиславович, я понимаю ваше состояние, у вас горе, вы хотите поскорее вернуться домой и никого из нас не видеть. Но если вы не будете сами рассказывать, мне придется задавать свои вопросы до бесконечности. Все равно я вас не отпущу, пока не узнаю все, что мне нужно.

— У меня не было оснований для ревности. Но если бы вы знали Ларису, вы бы меня поняли. Она была совершенным ребенком, не приспособленным к жизни, глупеньким, доверчивым и легкомысленным. В известном смысле я относился к ней не как муж, а как отец. Родители не проверяют своих детей, они только стремятся убедиться, что с ними все в порядке. Я понятно объяснил?

— Вполне, спасибо.

Черт возьми, этот бизнесмен в смокинге собирается когда-нибудь признаться, что его жена была наркоманкой, или так и будет строить из нее святую? Спасибо Сережке Зарубину, он не забыл случайно оброненной фразы Любы Кабалкиной и успел предупредить Короткова, что Валерий Риттер тщательно скрывает грешок своей любимой супруги. Уже восемь утра, Коротков не спал всю ночь, в глазах у него песок, в ушах звон, в голове примерно то же самое, что остается на тротуарах после бурного народного гулянья. Но ведь и Риттер не спал, сначала его терзали окружные сыщики, потом он вместе с Коротковым приехал на Петровку. Отпускать его домой было пока нельзя, муж, обнаруживший тело жены и вызвавший милицию, — первый кандидат в подозреваемые. Почему он продолжает молчать о наркотиках? Ведь это хорошая версия: убил кто-то из случайных знакомых, которых у наркоманов обычно бывает предостаточно. Если Риттер убил свою жену, то о наркотиках должен был сказать в первую очередь, чтобы отвести от себя подозрения.

А он не говорит. Не потому ли, что убил действительно он и именно из-за этих самых наркотиков? Сколько таких случаев прошло через руки оперативников, когда потерявшие надежду и терпение жены убивали своих мужей-наркоманов, потому что никаких сил, ни физических, ни душевных, уже не оставалось...

Ну и кто же из них устанет и сломается первым? Коротков, которому надоест притворяться, будто он ничего не знает, или Риттер, который поймет, что скрывать больше нельзя?

— Кого из друзей жены вы можете назвать?

— Никого.

— Так не бывает, — возразил Коротков.

— Бывает. У Лары было много подружек, она с ними без конца разговаривала по телефону, встречалась, они приходили к ней в мастерскую. Но я с ними незнаком. Это люди не моего круга.

— Даже так?

И Коротков тут же мысленно выругал себя за ехидство, которое не сумел скрыть. Нельзя так, перед тобой муж потерпевшей, человек, несколько часов назад потерявший жену. В чем бы ты его ни подозревал, он для тебя пока только муж потерпевшей.

— Да, так. Лариса моложе меня на восемь календарных лет, на самом же деле у нас была куда большая разница в возрасте. Я вам уже объяснял. По менталитету и зрелости чувств ей было не больше восемнадцати-двадцати лет. И круг ее общения состоял из таких же легкомысленных и богемных девиц и юнцов. Мне с ними не о чем разговаривать.

— Лариса Сергеевна не жаловалась вам ни на кого? Может быть, ей угрожали, вымогали деньги? Богемная молодежь, как вы ее назвали, обычно бывает безденежной, а тут у них оказалась подруга — жена богатого предпринимателя. Есть соблазн.

Риттер на секунду задумался, и это была уже не та пауза, которую берут, чтобы собраться с мыслями и ответить на неожиданный и неприятный вопрос. Он действительно обдумывал услышанное.

— Да, соблазн есть, — медленно произнес он. — Я как-то об этом не подумал. Лара никогда не давала повода так думать. Но может быть... Может быть.

— У Ларисы Сергеевны были деньги?

— Собственных не было, но я всегда давал ей достаточно.

— Достаточно — это сколько?

Спокойно, Коротков, спокойно, держи себя в руках, постарайся не фыркать и не злиться, когда тебе сейчас назовут сумму. Для тебя, с твоей зарплатой, вполне достаточно, когда в бумажнике лежит рублей двести, этого хватит на дешевые сигареты, невкусный обед в забегаловке и на бензин, если не выезжать за город. У господина Риттера другие мерки.

— Лара тратила примерно две-три тысячи долларов в месяц, если не делала крупных покупок.

Какая интересная у людей жизнь... Три тысячи долларов в месяц — это так, мелочь, карманные расходы. А что же тогда такое «крупные покупки»? Шуба из соболя за тридцать тысяч? Или машина за семьдесят пять? Не злись, Коротков, не злись, это не первый и не последний состоятельный человек, сидящий в твоем кабинете, давно уже должен был бы привыкнуть. Если ты умеешь делать что-то еще, кроме как ловить преступников, так иди и зарабатывай этим деньги. Не умеешь — лови уголовников и не жалуйся, что за это мало платят.

— А крупные покупки... Я хотел спросить, не могло ли быть так, что под видом крупных покупок Лариса Сергеевна давала кому-то деньги, например, шантажисту или, простите, любовнику?

— Прощаю, — впервые на лице Риттера появилось что-то смутно напоминающее усмешку. — Все крупные покупки Лара делала вместе со мной. И все эти вещи находятся дома, они никуда не пропали, следовательно, не были ни подарены кому-то, ни проданы.

— Но три тысячи долларов ежемесячно — это очень существенная сумма, особенно для богемной молодежи. Не могло ли получиться так, что ваша жена на эти деньги содержала кого-то? Даже на тысячу долларов может вполне безбедно существовать семья из трех-четырех человек, а уж на три... Может быть, она кого-то содержала, подругу или друга, а потом этому человеку потребовались большие деньги, он стал требовать, чтобы Лариса Сергеевна их достала, она отказалась. Вот и причина для конфликта и для убийства. Могло такое быть?

— Теоретически — да, могло. Но не с моей женой.

— Почему?

— Потому что... Вы, Юрий Викторович, в ценах ориентируетесь?

— Очень приблизительно. Смотря что вы имеете в виду.

— Я имею в виду цены на то, что регулярно покупают молодые женщины. На что они тратят деньги. Можно купить крем для лица за тридцать рублей, а можно — за две с половиной тысячи. Это восемьдесят долларов. Можно купить осенние ботинки за триста рублей, а можно и за шестьсот долларов, из ящерицы или питона. Можно купить сумочку за пятьсот рублей и ходить с ней несколько лет, пока она не порвется. Лариса покупала сумочки и туфли к каждому пальто, плащу или куртке, к каждому костюму и сарафану, ей хотелось, чтобы в одежде все было гармоничным. И все это было не дешевым, поверьте мне. Эти три тысячи долларов уходили только на нее саму, она бы и воробья не смогла прокормить.

Интересно вы рассказываете, Валерий Станиславович. А на какие же деньги она наркотики покупала? Любовник давал? Очень, кстати, возможно. Надо бы в личной жизни покойной покопаться, но муж в этом деле будет плохим помощником. Тут нужны подруги. И... домработница. Как там у Коли Селуянова дела?

* * *

Домработница Риттеров, пятидесятилетняя Римма Ивановна Лесняк, Селуянова приятно удивила. Он, насмотревшись фильмов и начитавшись книжек, был уверен, что придется иметь дело с человеком, фанатично преданным семье и готовым лечь трупом, только бы не дать ни одной соринке улететь из избы. Но здесь был совсем другой случай.

Римма Ивановна работала у Риттеров почти двадцать лет. И все эти годы люто ненавидела самого хозяина, Станислава Оттовича, и его супругу Нину Максимовну. Единственным, к кому она хорошо относилась, был их сын Валерий. И то только до того, как он женился на Ларисе. Вскоре после женитьбы Валерий изменился и стал таким же объектом неприязни со стороны домработницы, как и его родители.

Кроме того, Римма Ивановна не оправдала ожиданий Селуянова и на то, что окажется простой деревенской теткой, какими он всегда рисовал себе домработниц. Она была совсем другая. И... очень непростая.

Они разговаривали в просторной квартире Риттеров, сидя в огромной кухне. В это же самое время Миша Доценко беседовал в гостиной с матерью Валерия Станиславовича.

— Для меня это давно превратилось в своеобразную игру, вроде разгадывания кроссвордов или ребусов. Чем больше от меня скрывали, тем интереснее было по мелким деталям и невзначай оброненным словам восстанавливать скрытое. Этот интеллектуальный труд примирял меня с тем унижением, которому меня постоянно подвергали. Ну и, конечно, платят мне очень хорошо, не стану скрывать. Такой работой не бросаются.

Римма Ивановна, высокая, худая, с коротко остриженными седыми волосами, разговаривала с Николаем с видимым удовольствием, постоянно подливала ему чай и подкладывала то пирожки, то печенье, а то и бутерброды предлагала. Селуянову повезло больше, чем Юре Короткову, ему не приходилось каждую секунду задавать вопросы, Римма рассказывала сама, и речь у нее была — заслушаться впору.

— Станислав Оттович и Нина Максимовна всегда строго держали дистанцию между собой и мной, я для них была не человеком, а вещью, полезной в хозяйстве. Вот вам только один показатель: ни разу за все годы они не поинтересовались, когда у меня день рождения, и не поздравили. И вообще, ни одного подарка ни к одному празднику. Согласитесь, Коленька, это о многом говорит.

— Да уж, — соглашался Коленька, которого вполне устраивал такой панибратский тон. Чем ближе дистанция, тем больше доверия, а чем больше доверия, тем больше информации. Что и требовалось доказать. — Пирожки у вас, Римма Ивановна, просто замечательные, в жизни никогда таких не ел.

— Кстати, тоже показательный момент, — тут же подхватила она. — Без хвастовства скажу: я кулинарка хорошая. Мне все об этом говорят. Все, кроме хозяев. Подам на стол — скажут, мол, спасибо, Римма. И все, больше ни одного слова. То есть спасибо, что приготовила и подала, а на то, чтобы похвалить, сказать, что очень вкусно и какая я молодец, у них язык уже не поворачивался. Вроде бы я неодушевленная вещь и теплые слова благодарности мне не нужны. Валерик не таким был, всегда спрашивал, как я себя чувствую, если ему казалось, что я плохо выгляжу, и стряпню мою хвалил. Знаете, так смешно бывало, — она вспомнила о чем-то и улыбнулась. — Все сидят за столом, кушают, Валерик еду нахваливает, меня благодарит, а Нина Максимовна на него такие взгляды бросает — повеситься впору. И Станислав Оттович недовольно хмурится. А Валерику все равно. Он ведь знал, что родителям это не нравится, а все равно делал по-своему. Характер такой.

— А что же произошло, когда он женился? Вы говорили, он стал таким же, как мать.

— Ну да, у хозяев манера такая была: если что-то в семье неладно, меня сразу домой отправляют. То есть если предстоял серьезный разговор, как нынче говорят, разборка, и есть опасность, что он пойдет на повышенных тонах, то при мне никогда не начинали. Все, Римма, спасибо, вы на сегодня свободны. Даже если у меня что-то не доделано, все равно просят уйти. Особенно часто такое бывало, когда Валерику лет четырнадцать исполнилось и до самого института тянулось. Станиславу Оттовичу хотелось, чтобы сын по его стопам пошел, если не художником стал, то хотя бы искусствоведом, но на Валерика влиять невозможно, он никого не слушает, кроме самого себя. Тут такие грозы гремели! Тем более Нина Максимовна всегда на стороне Валерика стояла, так хозяин то с ней скандалит, то с сыном.

— Откуда же вы узнали, что были скандалы и из-за чего, если вас выпроваживали? — спросил Селуянов, надкусывая очередной пирожок, на этот раз с грибами.

Действительно, потрясающе вкусно. Как можно было двадцать лет есть такие пирожки и ни разу не похвалить? Уму непостижимо!

— Шерлок Холмс сказал бы, что это дедуктивный метод, — Римма Ивановна лукаво посмотрела на Колю. — Хозяйка каждый раз расстраивалась ужасно, у нее мигрень начиналась и дня два не проходила, а мальчику — трын-трава, веселый, спокойный. И вот представьте себе, меня выпроваживают домой, на следующий день я прихожу и застаю хозяйку с мигренью, хозяина чернее тучи и вполне довольного жизнью мальчика. Что я должна подумать?

— А что вы должны подумать? — послушно повторил вслед за ней Селуянов.

— Что был скандал, это же очевидно. При этом если бы оба родителя ополчились на ребенка за какую-то провинность, то хозяева были бы вместе, а мальчик переживал бы и боялся. Хозяйка, допустим, с мигренью, а хозяин около нее хлопочет, водичку ей подносит, компрессы меняет, таблетки дает и всем своим видом показывает, вот, мол, паршивец, до чего родителей довел. Но нет, хозяева злились каждый по отдельности. Возьмем другой вариант: хозяин и хозяйка между собой скандалят, а ребенок ни при чем. Будет мальчик спокойным и веселым, зная, что между родителями происходит что-то страшное и непонятное, с криками и угрозами развестись? Не будет. Остается одно: Станислав Оттович ругается на сына, а мать его защищает. После этого хозяева злятся каждый в своем углу, а мальчик знает, что мама его всегда защитит, поэтому ему не страшно. Ну а уж насчет повода для этих скандалов... Это совсем просто. Я ведь прислуга, то есть на мне уборка и все такое. Кому, как не мне, видеть, чем мальчик в своей комнате занимается и что у него на полках, на письменном столе, под столом и на тумбочке. Кому, как не мне, каждый день подмечать, какие книги действительно открываются регулярно и читаются, а какие как положены на полку, так и лежат нетронутыми, и закладка в одном и том же месте находится.

Все это было замечательно, но пока не про то. Эти истории имели место, когда Валерий Риттер еще в школе учился и в институт поступать готовился, а Селуянова больше интересовала жизнь семьи после женитьбы молодого хозяина.

— После того как Валерик встал на ноги и хозяин понял, что сын сделал по-своему и переделать уже ничего нельзя, он от мальчика отстал. И от хозяйки отдалился. Вроде бы мир какой-то наступил, все успокоились, никто ни с кем не ссорился. Лет пять примерно меня ни разу не отсылали ни с того ни с сего, понимаете, Коленька?

Коленька понимал. Значит, в течение примерно пяти лет в семье не было ни одного скандала. А если и были, то глубоким вечером или рано поутру, когда домработницы еще нет.

— Потом Станислав Оттович умер, и почти сразу появилась Лариса. Валерик с ней на похоронах и познакомился, она была ученицей хозяина. Полгода приблизительно они женихались, потом поженились, и месяца через три началось.

— Опять стали отсылать? — догадался Селуянов.

— Опять, да не опять, — бросила Римма Ивановна загадочную фразу. — Тут все стало по-другому. Во-первых, Валерик. Он, в отличие от родителей, никогда барчуком не был и дистанцию со мной не держал, а то, что хозяева на это сердились, так ему было наплевать. А теперь и он эту манеру взял: Римма, вы на сегодня свободны. У меня обед не доварен, пироги в духовке, стиральная машина крутится — ничего не слушает. Идите, мол, Римма, и завтра у вас выходной. Какой выходной, когда завтра будний день? У меня выходные в субботу и воскресенье, как у всех нормальных людей. Нет, Римма, завтра не приходите. И так посмотрит, что я понимаю: лучше и вправду не приходить. Это во-вторых. Раньше меня только на время скандала отсылали, а теперь стали еще и на завтрашний день спроваживать.

— Очень интересно, — подбодрил ее Селуянов. — И в чем причина, вы догадались?

— Ну неужели не догадалась! — фыркнула она. — Я же прислуга, Коленька, а не гость в этом доме. Весь мусор через меня проходит, и все постельное белье, между прочим, тоже. Лариса оказалась наркоманкой и никудышной женой. Как только она в свободный полет уходит, так меня из дома вон, чтобы не видела, что она вытворяет. Пусть Валерик меня простит, но я все равно скажу, потому что Ларису убили и дело это серьезное. По простыням всегда видно, на них спят или еще чем-то занимаются. Я постельное белье меняю каждую неделю. Могу вам совершенно точно сказать, Коленька, что брачные ночи у них бывают раз в два-три месяца, а то и реже. И это при том, что ей двадцать пять, ему тридцать три

А. Маринина

и женаты они всего-то чуть больше двух лет. Это как, по-вашему?

— Это плохо, — вполне искренне согласился Коля. — А почему вы решили, что Лариса была наркоманкой?

— Много ума не надо, достаточно добросовестно убирать квартиру и уметь читать.

Все понятно. Ну и тетка эта Римма Ивановна! Клад, а не свидетель. Были бы все такими — проблемы раскрываемости бы не было.

— Не помните, упаковки от каких препаратов вы находили?

— Во-первых, помню, а во-вторых — вот! — она торжественно вынула из кармана красивого передника пустой флакончик из темного стекла. — Когда вчера вечером позвонил Валерик и сказал, что Ларису убили, Нина Максимовна заметалась, заметалась, а я первым делом в спальню прошла и Ларисину тумбочку проверила. Я же знала, что вы придете и будете меня спрашивать. Лариса неаккуратная была, пустые упаковки и флаконы никогда сама не выбросит, то в тумбочку прикроватную сунет, в ящичек, то в ванной оставит, то в кармане халата забудет.

Тьфу ты, незадача! Надо выемку оформлять, а то потом прицепится кто-нибудь: откуда флакон да оперативники его сами на улице нашли... Сам Селуянов позвонить следователю не может, он не включен официально в группу, работающую по делу, у него свой интерес — Люба Кабалкина. Ладно, сейчас он позвонит Короткову, пусть тот сам выкручивается. А препаратец-то сильный. И не из дешевых.

— Римма Ивановна, я слышал, что Станислав Оттович был трижды женат. Это правда или люди наговаривают?

— Правда, правда. Про первую его жену я ничего не знаю, это очень давно было, а вторая у него была актриса. Нина Максимовна как раз третья.

— И дети во всех браках были?

— Нет, в первом не было, а от актрисы у него дочка, Анита. Валерик с ней очень дружит, только вот в последние месяцы она что-то не заходит к нам.

— Что ж так? Поссорились?

— Да боже упаси, они по телефону все время разговаривают. Если Валерика нет, Анита с хозяйкой беседует. Они как одна семья стали. Раньше, при Станиславе Оттовиче, такого не было, а когда он умер, Анита снова всю семью собрала, неправильно это, говорит, когда родные люди живут как чужие.

— Это верно, — снова согласился Селуянов, нетерпеливо ожидая, когда же в рассказах Риммы Ивановны начнет мелькать имя Любы Кабалкиной. — Значит,

Анита эта сблизилась с семьей Риттер, правильно?

— Сблизилась. И даже добилась, чтобы Нина Максимовна и ее мать, ну, актриса бывшая, стали друг к другу хоть как-то относиться. А то ведь они даже знакомы не были. Конечно, подругами они не стали, это уж понятное дело, но с праздниками друг друга поздравляют, с днем рождения, подарки через Аниту друг другу передают.

— А что же бывшая актриса? Так больше и не выходила замуж? — упорно гнул в свою сторону Николай.

— Почему же, выходила. У нее и дочка есть от второго брака, Валерику ровесница, на несколько месяцев всего старше. Любочка. Чудесная девочка! Она теперь тоже с Валериком дружит и в гостях у нас бывает.

Да уж, чудесная девочка. Тридцать три года, финансовый директор фирмы, двое детей, причастность к убийству. Тоже еще, девочка...

— А Лариса с ними ладила? Как вообще у них складывались отношения?

— А никак. Они Ларисе были неинтересны. И она им тоже. Когда Анита или Любочка приходили, Лара посидит минут двадцать с ними, максимум полчаса, а потом уходит. Даже мне было видно, что ей с ними скучно. Аниту она старухой называла, все-таки двадцать лет разницы, а Любочку — клушей.

— Почему клушей? — заинтересовался Селуянов.

Ему было интересно все, что касалось Кабалкиной.

— Она полненькая такая, толстушечка, у нее двое деток, так она только про них и рассказывает, ну, сами понимаете, как любая любящая мать. Я, например, с удовольствием слушала, и Валерик, мне кажется, тоже. А вот Анита раздражалась. У нее своих-то нет, видно, она из-за этого переживает, и про чужих детей ей слушать больно. И вообще, Любочка такая добросердечная, за всех беспокоится, обо всех заботится, всем помогает. За это Лариса и называла ее клушей. Недобрая она была, Лариса. Людей не любила.

— А мужа? — наугад спросил Селуянов.

И попал. Совершенно неожиданно, вовсе не собираясь попадать в какую-то определенную цель. Просто язык сам повернулся, повинуясь инерции разговора, которому никак нельзя дать угаснуть, и любую возникающую паузу нужно немедленно заполнять какими-то репликами.

Римма Ивановна внимательно посмотрела на него.

— Что-то вы долго тянули с этим вопросом, Коленька, я уж думала, вы никогда его не зададите.

— А надо было?

— Обязательно. Так вот, Лариса Валерика никогда не любила. Она его терпеть не могла. Не спрашивайте, откуда я знаю. Знаю — и все. Я прислуга, я знаю о своих хозяевах такое, что они сами про себя не всегда знают.

— Хорошо, я не буду спрашивать, — покладисто ответил Николай, про себя тут же добавив: «Пока не буду, но потом обязательно спрошу». — Зачем же Лариса вышла замуж за Валерия, если не любила?

— Чтобы он ее продвигал. Чтобы делал ей рекламу, чтобы платил за статьи о ней, чтобы платил за все остальное. Разве это не очевидно? Он мотается за границу по делам и обязательно пристраивает пару Ларисиных работ в какой-нибудь салон, авось кто заметит. Или дарит ее картины влиятельным людям и просит, чтобы те непременно при каждом удобном случае ее рекламировали. Валерик из-под себя выпрыгивал, чтобы как-то Ларису протолкнуть. А кто бы еще стал это делать? Только для этого она и вышла за него. Чистая корысть. Он и мастерскую ей купил на Чистых Прудах, чтобы ей было где творить свои бессмертные картины.

В голосе Риммы Ивановны послышался нескрываемый скепсис, и Селуянов тотчас вцепился в ее последние слова.

— Вы хотите сказать, что Лариса не была талантливой художницей?

— Я хочу сказать, что совершенно неизвестно, чем она на самом деле занималась в этой своей мастерской. Может быть, она и талантливая, я в этом не понимаю, но одно ведь другого не исключает, верно, Коленька? Можно быть безумно талантливой и при этом водить в мастерскую любовников, делая вид, что старательно пишешь картину.

— Ах вот даже как, — протянул Селуянов. — Значит, у Ларисы был любовник?

— Ну, не знаю, любовник там или любовница, в этих ваших нравах современных сейчас не разберешься.

— Стоп-стоп-стоп, Римма Ивановна, только не надо делать вид, что вы совсем глупая темная баба и ничего не понимаете. Вы мне уже не раз продемонстрировали мощь своего интеллекта и выдающуюся наблюдательность. Значит, Лариса была лесбиянкой?

— Не знаю, наговаривать не хочу, но если жена не спит со своим мужем и при этом ей все время звонят какие-то женщины, которые не представляются и ничего не просят передать, то это наводит на определенные мысли. У каждой нормальной женщины, особенно молодой, должны быть подружки. Почему ни одна из них никогда не была у нас в доме, а, Коленька? Почему Лариса их не приглашала в гости? Почему она их прятала от мужа и от свекрови? Так я вам скажу почему. Потому что боялась, что любой, кто увидит их вместе, сразу обо всем догадается.

Стало быть, наркоманка, лесбиянка, да еще и корыстная. Ничего себе коктейльчик. Такой выпьешь — мало не покажется. И где при таком раскладе искать убийцу, застрелившего Ларису Риттер из пистолета «беретта»? Среди наркоманов, заполонивших Москву? Среди лесбиянок, которых тоже немало? Или в ближнем окружении, в семейной, так сказать, среде, потому как ее выходки всем смертельно надоели? И в первую очередь мужу, который, если верить всезнающей домработнице Римме Ивановне, вгрохал кучу денег в раскрутку своей беспутной супруги.

* * *

Коротков сдался первым. Собственно, после звонка Коли Селуянова можно было уже и не темнить, а притвориться наивным и задавать вопросы. Что он и сделал.

— Валерий Станиславович, ваша жена болела?

— Чем? — недоуменно откликнулся Риттер.

— Не знаю. Чем-нибудь. Болезнями какими-то.

— Нет, Лариса была совершенно здорова, она же молодая женщина, откуда взяться болезням.

— Насколько мне известно, она принимала лекарства...

Коротков посмотрел на листок, куда вносил под диктовку Селуянова названия препаратов, упаковки от которых находила бдительная Римма Ивановна, и перечислил их, не отрывая глаз от записей.

— Для чего Лариса Сергеевна все это принимала, если ничем не болела?

Риттер молчал. Он был готов к чему угодно, только не к этому.

— Значит, так, Валерий Станиславович. Ваша жена была наркоманкой, только вы почему-то упорно пытаетесь это скрыть. Не понимаю, почему. Вы хотите запутать следствие? Ее наркомания позволяет выстроить целый ряд версий, объясняющих убийство, а вы молчите. Вы что, не хотите, чтобы мы нашли убийцу? Ваше поведение можно понять только в одном случае: если убили ее вы сами. Это так?

— Это не так, — твердо ответил Риттер без малейшего промедления. — Я понимаю, что вы хотите сказать. Вы правы, я веду себя глупо. Но в нашей семье всегда принято было не выносить сор из избы. Я привык скрывать Ларисино... пристрастие... О нем знали только мать и моя старшая сестра, даже домработница не знала.

«Да уж, не знала твоя домработница», — с каким-то непонятным злорадством подумал Коротков. Он вспомнил все, что торопливой скороговоркой поведал ему вполголоса Селуянов, и внезапно поймал мысль, которая до этого момента не приходила ему в голову. А если все дело не в наркомании, а в ревности? Вдруг Лариса Риттер была беременной, а муж точно знал, что не от него, потому что с момента последней близости прошло достаточно много времени? И вообще, если они редко занимались любовью, то по срокам могло не совпасть, это легче легкого высчитать. Домработница уверяет, что интимные отношения между супругами Риттер имели место крайне редко, во всяком случае в спальне. Хотя она много чего может не знать и даже не представлять себе. Возможно, она считает, что любовью люди занимаются только в постели и больше нигде... Но проверить стоит.

— Валерий Станиславович, мой вопрос может показаться бестактным, но поверьте, я задаю его не из праздного любопытства. Вы женаты... сколько?

— Два года. Два с половиной, — зачем-то уточнил Риттер.

— И у вас нет детей. Почему?

— Какие же могут быть дети от жены-наркоманки? — ответил он вопросом на вопрос.

Что ж, резонно. Почему-то Коротков сам об этом не подумал.

— Почему вы не лечили жену? Вы показывали ее врачам?

— Нет. Я уже объяснял вам, я не мог допустить огласки.

— Вы сказали, что в вашей семье это не принято. «Не мог допустить» — это несколько другое, согласитесь. Так почему, Валерий Станиславович?

— Я вам все объяснил. Больше мне нечего добавить. Если вы считаете, что я виноват в том, что не настоял на лечении Ларисы, я принимаю упрек. Но к убийству моей жены это не имеет никакого отношения. Юрий Викторович, я очень устал.

— Я тоже, — вздохнул Коротков. — Следователь поручил мне ознакомить вас вот с этим документом.

— Что это?

Риттер потер глаза, словно плохо видел, и невидящим взглядом уставился на бланк.

— Это подписка о невыезде. У следователя на текущий момент есть основания подозревать вас в убийстве жены.

— Но почему?

— Не знаю, Валерий Станиславович, — нагло соврал Юра, — вероятно, ему известно что-то такое, что неизвестно мне. Я таких оснований не усматриваю, но следователю виднее, он главный, как он скажет, так и будет. Мы вот тут с вами беседуем, а в это время целая группа оперативников опрашивает других свидетелей. Наверное, у них выплыла какая-то новая информация.

К сожалению, ничего более внятного я вам сказать не могу.

— Понятно, — спокойно произнёс Риттер. — Мне нужно это подписать?

— Да, распишитесь, пожалуйста, вот здесь, что вы ознакомлены. Из города, пожалуйста, никуда не уезжайте, даже на дачу, в противном случае вас могут задержать и заключить под стражу. Я надеюсь, у вас не запланирована срочная командировка за границу, в которую вы должны были улететь прямо сегодня?

Коротков, несмотря на усталость, снова не смог удержаться от ехидства.

— Я должен улетать завтра. Но это ничего не значит, я отменю поездку. Вместо меня полетит мой заместитель.

Риттер взял со стола ручку и быстро поставил подпись. Уверенные движения, руки не дрожат. Коротков сперва подумал, что Риттер непременно станет подписывать документ собственной ручкой, достанет из внутреннего кармана что-нибудь эдакое, фирменное, стоящее бешеных денег, как частенько делают состоятельные люди, брезгующие даже прикасаться к дешевым казенным канцтоварам. Но потом сообразил, что Риттер в смокинге, он же прямо с приема, а в смокингах ручки, как правило, не водятся. И никакой брезгливости на его лице Юра не заметил.

Он посмотрел на часы. Коля Селуянов

уже должен был доехать до Аниты Волковой, старшей сестры Риттера. Стало быть, неутешного вдовца можно отпускать, если он и кинется о чем-то предупреждать сестрицу, все равно будет поздно. Мать, домработница и мадам Кабалкина уже опрошены, сейчас приедут Доценко и Зарубин, и до возвращения Селуянова можно будет подремать, притулившись на стульчиках. А когда появится Коля, обменяемся впечатлениями и все обсудим.

Коротков подписал пропуск Риттеру, несколько секунд смотрел на закрывшуюся за ним дверь, потом решительно набрал номер телефона следователя Ольшанского. Наверное, в десятый раз за сегодняшнее утро. И по крайней мере в пятый за то время, что разговаривал с Риттером. Каждый раз приходилось просить его выйти в коридор, но Риттер даже не поморщился. Интересно, это у него понимание милицейской специфики так развито или он считает, что солдат на вошь обижаться не должен, потому как что толку на нее обижаться? Вошь — она и есть вошь, тварь безмозглая и бесполезная, но, коль она существует, приходится ее терпеть.

— Константин Михалыч, это опять я. От медиков никаких известий нет?

— Экий ты, брат, скорый, — добродушно пророкотал в трубку следователь. — К вечеру будет основное, а на биохимию там всякую время потребуется. Флакон у домработницы Риттеров я изъял. Ты мне скажи, почему там вместе с твоим Мишкой Селуянов толчется? Он же год как от вас ушел. Опять самодеятельностью занимаетесь?

— Как можно, Константин Михалыч, — искренне возмутился Юра. — У Коли в работе убийство, по которому проходит Кабалкина, вот он и...

— Кто такая? — перебил его Ольшанский. — И при чем тут Риттер?

— Это длинная история, семейная сага, так сказать.

— А ты рассказывай, я все равно в машине еду, мне спешить некуда.

Коротков рассказал. Ольшанский — нормальный мужик, с ним можно не темнить.

— Да, напасть прямо какая-то на семью, — посетовал следователь, выслушав сокращенный до размеров резюме вариант семейной саги. — Каменская ваша где?

— Болеет она, ногу сломала.

— Ну, знаешь, братец, нога — не мозги. Если ты ее привлечешь, я возражать не буду.

— Так Афанасьев...

— ...это не Гордеев, — с усмешкой снова перебил Ольшанский. — Знаю, можешь не рассказывать. Но и мы с тобой не первый год вместе работаем. Ты меня понял?

— А Колька? — с надеждой спросил Коротков.

— Селуянов-то? Пусть работает, мы никому не скажем. Может, там есть за что зацепиться, чтобы дела объединить? Я бы взял, давно ничего интересного не было, все бандюки сплошь да нефтяники, скука смертная. А тут семейный подряд, интриги, сплетни. Есть где душе развернуться. Ладно, Коротков, заканчиваем треп, я к конторе подъехал. Если что — сразу звони, я у себя.

Юра точно знал, что чем дольше не везет, тем значительнее будет неожиданная удача. Ему не везло долго. Зато с Ольшанским работать — одно удовольствие.

* * *

Похоже, Коле Селуянову тоже долго не везло. Во всяком случае, получить за одно утро двух свидетелей, не пытающихся стыдливо замарафетить семейные тайны, — это удача редкая и не каждому оперу за всю его сыщицкую жизнь выпадающая. Сначала была Римма Ивановна Лесняк, которая все про всех знала и с удовольствием рассказывала, а теперь вот Анита Станиславовна Волкова, в девичестве Риттер.

— Сор из избы — это, конечно, верно, в семье моего отца это считалось неприличным. Но тут дело совсем в другом, — спокойно объясняла она Селуянову, отпивая неспешными глоточками зеленый чай из фарфоровой пиалы. — Валерий поставил перед собой цель раскрутить Ларису. Она хорошая художница, спору нет, но хорошо — это означает на «четыре», а художников-хорошистов в нашей стране, а тем более в Европе и в мире, более чем достаточно. Чтобы стать знаменитым и богатым, нужно быть художником даже не на «пять», а на «семь», понимаете? До «семи» Лара, разумеется, не дотягивала. Но у Валерия было на этот счет свое мнение.

— А почему нужно было скрывать, что жена принимает наркотики?

— Да потому, что наркотические бредни всем давно надоели, — Анита Станиславовна досадливо поморщилась, и сперва Селуянов решил было, что она недовольна его тупостью, а потом сообразил, что этой гримаской она выражает свое отношение к тем самым наркотическим бредням. — Мода на наркотики и вдохновленное ими творчество прошла. Если бы стало известно, что Лариса наркоманка, интерес к ее картинам мгновенно потух бы.

— Значит, какой-то интерес все-таки был?

— Очень незначительный, да и тот весь от начала до конца сделан руками Валерия. До сих пор считалось, что Ларисино видение мира, отраженное в ее полотнах, — это выражение ее оригинальности и нестандартности. На этом можно было играть, это можно было продвигать. Но при условии, что никто — понимаете? никто — никогда не узнал бы, что она принимает наркотики и все ее картины не что иное, как наркотические галлюцинации. Тогда это перестало бы быть интересным и модным.

— Ну хорошо, пусть надо было скрывать от всех, но лечить-то ее можно было? Анонимно, никто и не узнает. Врачи все-таки соблюдают тайну пациентов.

— Врачи — да, а все остальные? Николай Александрович, вы живете в мире иллюзий. В наше время невозможно сохранить ни одну тайну, уж вам-то это должно быть известно. Не зря же существует пословица: пока знает один — знает один, когда знают двое — знают все.

— В общем, конечно, — не мог не согласиться Селуянов.

— И еще одна немаловажная деталь... Вам чаю подлить?

— Спасибо, не нужно. Чуть позже, если можно, — благородно отказался Коля, строя из себя воспитанного. На самом деле после сверхобильного завтрака, которым попотчевала его Римма Ивановна на кухне в квартире Риттеров, он уже не мог смотреть ни на еду, ни на питье. Однако и отказаться от предложенной чашечки чаю он не рискнул, не дай бог хозяйка обидится и контакта не получится, так что первую и пока единственную порцию зеленого чая он тянул по капле. — Вы хотели сказать про важную деталь.

— Да. Если бы Ларису начали лечить и, может быть, даже вылечили, то что стало бы с ее полотнами?

— А что с ними стало бы? — не понял Селуянов.

— А вот этого никто не знает. Вполне возможно, они остались бы такими же свежими и самобытными. Но ровно настолько же возможно, что Ларисины работы превратились бы в обычные ремесленные поделки, которые не то что продвигать куда-то и выставлять в салонах, а даже в художественной школе стыдно показывать. Откуда ее самобытность и оригинальность, от природы или от стимуляторов? Кто может точно знать?

— То есть вы хотите сказать, что Валерий Станиславович умышленно не лечил жену от наркомании?

— Я думаю, что так оно и было, — печально произнесла Волкова. — Мне неприятно об этом говорить, но, раз Лара погибла, нужно наконец расставить все точки над «i». Господи, сколько раз я говорила с Валерием, убеждала его, что нужно прекращать разводить эти тайны мадридского двора вокруг Ларисы, черт с ней, с живописью и мировой славой, если девочка пропадает на глазах! Пусть она не станет знаменитой художницей, но зато будет здоровой и живой.

— А что вам отвечал на это ваш брат?

— Чтобы я не лезла не в свое дело. Он не выбирал выражений и всегда отличался прямотой. Но поймите же... — Она вдруг так посмотрела на Николая, словно именно от него зависело решение вопроса, лечить Ларису Риттер от наркомании или нет. Взгляд был умоляющим и полным неподдельной боли. — ...Поймите, все это было бессмысленным, все это не имело никакой перспективы, кроме единственной — трагической.

— Почему? — осторожно спросил Селуянов, чувствуя, что сейчас должно прозвучать что-то важное, и опасаясь это важное спугнуть.

— Потому что Лариса была не особо разборчива в связях, как, впрочем, все наркоманы. Она приводила к себе в мастерскую бог знает кого, и в любом случае огласка была неизбежной. Кроме того, она была еще и лесбиянкой, и ее партнерши тоже приходили в мастерскую. Так что все прекрасно знали, кто она и что.

— Насчет лесбиянки... — Коля сделал вид, что ошарашен, хотя Римма Ивановна своих подозрений от него не скрывала. — Откуда вы это знаете? Может, досужие сплетни?

— Николай Александрович, неужели я

похожа на человека, который будет пересказывать сплетни?

— Нет, — честно ответил он.

Потому что Анита Станиславовна Волкова на такого человека совершенно не была похожа. Ну просто ни капельки.

— Несколько месяцев назад Лариса впервые сделала мне вполне недвусмысленное предложение. Я надеюсь, вы пощадите мое достоинство и не заставите пересказывать эту отвратительную сцену в деталях. Мне удалось сделать вид, что я ничего не поняла. Но спустя очень короткое время все повторилось. А потом еще раз и еще. После этого я перестала бывать у брата, если Лара была дома. Мне неприятно было с ней сталкиваться. А недавно, буквально на прошлой неделе, мы с Валерием вместе обедали в ресторане на Чистых Прудах, совсем рядом с мастерской. И зашли к Ларисе.

— Зачем? — быстро спросил Селуянов. — Это он вас уговорил пойти?

— Нет, что вы, это вышло совершенно случайно. Хотя идею подал он, тут вы не ошиблись. Я сильно натерла ноги, до крови, новые туфли надела, — Волкова чуть смущенно улыбнулась, словно признавая, что такой умной и красивой женщине не пристало делать столь глупые ошибки и надевать новые туфли, не разносив их предварительно в домашних условиях. — Мне нужно было срочно купить пластырь и заклеить ноги, и Валерий предложил зайти к Ларисе, это близко. Мне, честно признаться, очень не хотелось с ней встречаться, но боль оказалась сильнее, чем мои предпочтения. Во всяком случае, я была уверена, что при муже она ничего такого себе не позволит. И потом, визит был бы всего на несколько минут.

— И что случилось в мастерской? Ведь там что-то случилось, верно?

— Верно. Лариса на звонки в дверь не открывала, и Валерий открыл своим ключом. Короче... Он был в ужасе от того, что увидел.

— Что именно?

— Ларка крепко спала в объятиях какой-то девицы. Обе голые, под одеялом. Можете себе представить состояние Валерия?

— С трудом, но могу. Что он сделал?

— Ничего. Подошел поближе, посмотрел внимательно и ушел. Вернее, нет, он ждал, пока я в ванной ноги заклею пластырем, потом мы ушли вместе.

— То есть он не стал ее будить? Не стал ничего выяснять?

— Николай Александрович, надо знать Валерия. Зачем он станет ее будить? Что он будет выяснять? И что она может ему ответить? Что ничего не было и ему все приснилось? Он получил информацию и сделал

А. Маринина

выводы, вот и все. Но, конечно, он был в шоке. Мне-то было легче, я уже знала, что Лариса предпочитает женщин, а Валерий оказался совершенно не готов к тому, что увидел.

— И какие же выводы сделал ваш брат?

— Выводы?

Волкова приподняла красиво очерченные брови и взглянула на оперативника с искренним непониманием.

— Вы сказали только что, что Валерий Станиславович получил информацию и сделал выводы. Какие?

Ну вот, с тоской подумал Коля, глядя на красивую стройную женщину, которая только что целый час свободно и без раздумий отвечала на его вопросы и внезапно словно лицом потемнела, погасла как-то. Вот мы и добрались до той критической точки, когда свидетель вдруг понимает, что наговорил лишнего, и начинает судорожно и неловко искать пути отступления, чтобы дезавуировать уже сказанное и не сказать больше ничего. А он-то, Селуянов, губы раскатал, обрадовался, думал, что Волкова окажется такой же, как домработница Риттеров, с удовольствием вываливающей перед сыщиками все свое информационное богатство. Рано радовался, Николаша, рано ручонки потирал, не бывает таких удач у сыщиков, и у тебя не будет.

Волкова продолжала молчать, пить чай

и задумчиво глядеть на висящую на стене фотографию, на которой была изображена девочка-подросток в старинном платье с гитарой в руках.

— Анита Станиславовна, — начал мягко подкрадываться Коля, — я понимаю ваши затруднения, ведь речь идет о вашем брате, к которому вы привязаны, которого вы искренне любите. Но если вы станете чего-то недоговаривать, у меня появятся подозрения. Понимаете?

Она молча кивнула, не отводя глаз от фотографии.

— Если ваш брат ни в чем не виноват, то зачем вам нужно, чтобы я его подозревал? Совсем это ни к чему ни вам, ни мне, ни тем более ему. Я начну проверять свои подозрения, потрачу время и силы, истреплю нервы вашему брату, все окажется впустую, а настоящий убийца будет гулять на свободе. А если Валерий Станиславович каким-то образом причастен к убийству своей жены, то получится, что вы покрываете преступника. Тоже как-то не очень здорово, согласитесь. Так к каким выводам пришел ваш брат после того, как застал жену с любовницей?

Анита перевела глаза на Селуянова. Взгляд у нее был очень серьезным и сосредоточенным.

— Хорошо, я скажу. Но если вы сделаете из этого неправильные выводы и Вале-

А. Маринина

рий из-за этого пострадает, я себе этого не прощу. Он понял, что ситуация с Ларисой вышла из-под контроля, что ее больше нельзя считать чем-то вроде тихого домашнего пьяницы, что в мастерскую приходят случайные люди, что информация о ее склонностях в любой момент может начать распространяться со все увеличивающейся скоростью, что она ведет за пределами своей квартиры совсем другую жизнь. И что если это немедленно не остановить, то все дальнейшие усилия по продвижению ее творчества уже не будут иметь никакого смысла. А Валерий вложил в раскрутку очень большие деньги, я вам уже говорила. И все это пропадет, все это больше никогда не окупится.

Она снова замолчала, но на этот раз взгляд не отвела, продолжала смотреть Селуянову прямо в глаза. От этого ему стало неуютно и как-то зябко.

— Смерть всегда забирает самых лучших, — внезапно тихо проговорила она. — Вы понимаете, насколько отвратительна и оскорбительна эта фраза?

Селуянов понимал. Он слышал эти слова много раз, особенно на панихидах, на похоронах криминальных авторитетов. Да и по телевизору это говорили частенько, если погибал кто-то из молодых журналистов. Можно подумать, что те, кому посчастливилось дожить до глубокой старости, все сплошь бесталанные сволочи, а вот кто умный, хороший и талантливый, тот непременно умрет молодым. И можно подумать, что смерть в конце концов забирает не всех. Глупость несусветная. Волкова права, фраза, ставшая такой расхожей и широко употребляемой, на самом деле глубоко безнравственна. Каково ее слышать тем, кто остался жить? Получается, коль они живы до сих пор, то они — самые худшие? Интересно, неужели сами журналисты, с пафосом произносящие эту чушь с экранов телевизоров, этого не понимают? Совсем безмозглые, что ли? Коля вдруг вспомнил, как трагически погиб сорокалетний известный тележурналист, и именно эту фразу со слезами на глазах почти выкрикнула ведущая теленовостей. А накануне вся театральная общественность торжественно отмечала столетие прекрасного артиста, которому посчастливилось сохранить себя к этому дню настолько, что он сам, без посторонней помощи вышел на сцену и общался с публикой. И Селуянов тогда, помнится, особенно остро почувствовал всю разнузданную оскорбительность тезиса о том, что смерть всегда забирает самых лучших.

Но не менее интересно и другое. Почему об этом заговорила Волкова? Потому что Лариса Риттер никак не может относиться к этим «самым лучшим» и смерть пришла к ней вполне заслуженно? Или она имела в виду что-то иное?

— Я понимаю, что вы хотите сказать, — Селуянов двигался ощупью, ибо совсем даже и не понимал, что именно хочет сказать ему старшая сестра Валерия Риттера.

— Я рада, что вы понимаете. Но у этой фразы есть еще один смысл.

— Какой?

— О мертвых или хорошо, или ничего. И этот второй смысл очень часто эксплуатируется не вполне добросовестно. Вы и теперь меня понимаете?

Селуянов похолодел. Вот, оказывается, что пытается ему объяснить Анита Станиславовна! Она хорошая сестра, любящая и преданная. Но она и разумный человек, честный и порядочный, она понимает, что речь идет не о мелочовке вроде не отданного вовремя долга размером в сто рублей и не о банальном адюльтере, а об убийстве.

— Да, мне кажется, я вас понял. Я ценю вашу деликатность, Анита Станиславовна. Но я хотел бы все-таки спросить: вы точно знаете, что ваш брат подумал именно так? Это очень важно, поймите. Я должен быть уверен.

— Он не только подумал об этом. Он произнес это вслух. Простите, Николай Александрович, мне тяжело продолжать этот разговор...

Сергей Зарубин возвращался на Петровку с тяжелым сердцем. Полтора часа, девяносто минут беспрерывных слез кого хочешь повергнут в состояние уныния. А уж если рядом с рыдающей матерью толкутся двое малышей, которые заражаются ее настроением и тоже начинают голосить, потому что любому ребенку становится страшно, когда мама так безутешно плачет, то этот сюжет может выдержать только обладатель исключительно крепкой нервной системы.

Зарубин, конечно, слабым не был. Он был нормальным. И поэтому ему было тяжело.

Кабалкина оплакивала Ларису. Они не были близки и уж тем более не были подругами, но Лариса для нее была членом семьи, женой Валерия. Ничего существенного, проливающего свет на преступление, она не рассказала, кроме того, что и так уже было известно из бесед с другими людьми: Лариса была наркоманкой, а Валерий это от всех скрывал и поэтому не принимал мер к тому, чтобы лечить жену. О том, что Лариса Риттер делала сексуальные поползновения в сторону Аниты, Кабалкина тоже знала. Короче, ничего нового.

И только под самый конец, когда Зарубин уже собрался было уйти, Любовь Григорьевна не выдержала. Видно, нервы сдали окончательно. Она разрыдалась так отчаянно, что Сергей, уже натягивавший в прихожей куртку, остановился.

— Люба, ну что же вы так убиваетесь, — сочувственно проговорил он и осторожно погладил ее по голове.

Этого оказалось достаточно, чтобы ее буквально прорвало.

— Я не могу больше, я должна кому-нибудь рассказать, ну хоть кому-нибудь, иначе я сойду с ума! Можно, я вам расскажу? Может быть, вы мне поможете?

Сергей мгновенно повесил куртку на крючок и повел Кабалкину назад в комнату, осторожно поддерживая ее за плечи. Ну вот, наконец-то, не напрасно он вытерпел этот беспрерывный плач в три голоса. Сейчас она ему все и расскажет. Или про Ларису Риттер, или про кинезиолога Аничкову, Коле Селуянову на радость.

Боже мой, как он ошибался! Жестоко и зло. Захлебываясь и сморкаясь, Любовь Григорьевна Кабалкина поведала Сереже Зарубину, что у нее пропал любовник. Был, был — и вдруг пропал. Ни один его телефон не отвечает, и она совершенно не представляет, что ей делать и где его искать.

— А в милицию-то вы обращались? — скучно спросил Зарубин, думая только о том, как бы побыстрее унести ноги.

— Нет. Он за границей. Он иностранец.

— Люба, можно я дам вам совет на правах мужчины? Плюньте вы на него. Плюньте и забудьте. Мужчины просто так не пропадают, поверьте мне.

— Но вдруг с ним что-то случилось?

— Послушайте меня, Люба, — он уже терял терпение, горевал о своих несбывшихся надеждах и мечтал о том, как уйдет отсюда и не увидит больше опухшего заплаканного лица, — если мужчина относится к женщине серьезно, по-настоящему серьезно, он всегда позаботится о том, чтобы ей вовремя сообщили все, что необходимо. Даже когда случается самое страшное, всегда находятся люди, которые знают, что есть женщина, которую надо поставить в известность. Ну поверьте же мне, если о вас в окружении вашего возлюбленного никто ничего не знает, если вашего имени, телефона и адреса нет в его записной книжке, это означает, что он не имел в виду продолжать ваши отношения. Это горько осознавать, я понимаю, но это так. Просто так мужчины не исчезают из поля зрения женщин, которых они любят.

— Вы жестоки, — прошептала Любовь Кабалкина, переставая плакать и вытирая лицо мокрым насквозь платком.

— Вы обещаете подумать над тем, что я сказал?

Она кивнула и снова всхлипнула. Внезапно Зарубину пришло в голову, что си-

А. Маринина

138

туацию он использовал не до конца. А ведь чуть было не ушел... Про Селуянова-то совсем забыл, а еще друг называется.

— Люба, когда мы с вами встречались на прошлой неделе, вы сильно нервничали и, как мне показалось, ждали телефонного звонка. Это из-за него, да? Вы ждали звонка от своего возлюбленного?

— Да. Он позвонил мне в воскресенье, это было в последний раз... И потом все, ни слуху ни духу.

— Такое случилось впервые? Он раньше никогда вот так не пропадал?

— Пропадал... один раз. Летом еще.

— Ну и что, нашелся?

— Да, — она снова кивнула.

— Вот видите. И сейчас найдется.

— А если нет? — Она посмотрела так затравленно, что у Зарубина сердце дрогнуло. Ему стало жаль ее, несчастную, брошенную любовником мать двоих детей. Он хорошо понимал, что даже если этот тип снова найдется, то очень скоро опять пропадет. И на этот раз уже окончательно. А скорее всего, он и в этот раз не отыщется. Мужчина, который позволяет себе таким вот образом «пропадать», никак не может относиться серьезно к женщине, из поля зрения которой он исчезает. Ну просто никак. Ни один любящий мужчина себе этого не позволит.

— А если нет, то и бог с ним, — ответил Сергей очень серьезно. — Значит, он вас не любит. И он вам не нужен. Люба, мне кажется, вам нужно обратиться к психоаналитику.

Он сказал это без всякого перехода, даже без подготовки. Просто бухнул на ровном месте. И с любопытством ждал, что же будет дальше.

— К психоаналитику? Зачем? Вы думаете, я сумасшедшая, если я так волнуюсь за своего... за своего жениха? Вы считаете, что это ненормально — волноваться за того, кого любишь?

— Нет, волноваться — нормально, — поспешил успокоить ее Зарубин, — но в тот момент, когда вы осознаете, что вы расстались навсегда, вам понадобится помощь специалиста. Вы очень чувствительный человек, очень эмоциональный, сейчас вы просто не можете смириться с мыслью о том, что он вас бросил и вы больше никогда не увидитесь. Но придет время, когда вам нужно будет это признать, вы больше не сможете скрывать эту неприятную правду от себя самой. И вот тут вы можете не выдержать. У вас есть знакомые психоаналитики или психологи?

Она отрицательно покачала головой и снова заплакала, на этот раз тихонько и жалобно.

— А вообще вы когда-нибудь обращались к таким специалистам?

— Нет. Мне не нужно было.

Сергей нащупал в кармане визитную карточку Аничковой, которую дал ему Селуянов. Место он уже присмотрел, вот здесь, на подоконнике, где свалены в кучу газеты, журналы и мелькают какие-то разрозненные листочки с разными записями и несколько визитных карточек. Хорошо, что у Кабалкиной маленькие дети, в доме, где есть дети, никогда не бывает идеального порядка. Чистота бывает, а порядка — никогда.

Он ловко вытащил карточку из кармана и бросил на подоконник. Люба продолжала плакать, уткнув лицо в платок.

— А мне кажется, я тут у вас видел визитную карточку какого-то психолога... Еще в прошлый раз видел... Или мне показалось?

— Не знаю, — провыла Кабалкина, не отрывая платка от лица.

— Погодите-ка, вроде где-то на подоконнике...

Она замолкла, подняла голову и тупо посмотрела на него.

— Господи, какая еще карточка! Ларку убили... И он пропал...

— Да вот же она!

Зарубин радостно выхватил карточку из бумажной кучи, сваленной на подоконнике, и протянул Любе.

— У меня глаз — алмаз, я же точно помню, что видел ее. Видите, Аничкова Галина

Васильевна, психология, кинезиология. Это ваша знакомая? Почему бы вам к ней не обратиться?

— Ах, эта... — Люба снова всхлипнула. — Она умерла. Вернее, ее убили, недавно совсем.

— Какой ужас, — сочувственно протянул Зарубин. — Вы ее хорошо знали?

— Ни разу не видела. Наш зам по персоналу ее нанял, чтобы она с нами занималась, если кому-то нужно. И карточки всем раздал.

— И что, кто-то ходил к ней?

— Ходили, наверное. Я точно не знаю, никто ж рассказывать не будет.

— А вы почему не пошли?

— А зачем? У меня все в порядке. То есть я думала... В общем, неважно...

Она снова затеялась плакать, но на этот раз Зарубин не дал ей увлечься любимым занятием.

— Люба, — строго сказал он, — у вас были проблемы, и они есть до сих пор, это очевидно даже мне. Вам предложили помощь специалиста. Почему вы отказались? Почему не пошли к ней? Или вы все-таки ходили к ней, но теперь стесняетесь мне признаться, потому что думаете, что пользоваться услугами психоаналитика стыдно? Боитесь, что вас будут считать сумасшедшей? Любочка, вы мать, у вас растут дети, и вы должны заботиться о том, чтобы сохра-

А. Маринина

142

нить себя в нормальном состоянии еще долгие-долгие годы. Если есть проблемы, которые мешают вам жить, вы просто обязаны с ними разбираться, чтобы не превратиться в инвалида и не стать обузой для своих детей...

Он нагнетал обстановку, плел что-то невероятное, пугал Кабалкину, уговаривал, обманывал, подлавливал, и чем дальше, тем больше убеждался в том, что Любовь Григорьевна действительно к Аничковой не ходила. Никакой реакции ни на имя психолога, ни на упоминание ее адреса, ни на рассказы о ее убийстве и о беспутном племяннике.

Или Кабалкина актриса каких поискать, или она и в самом деле в этом преступлении не замешана.

А кто тогда замешан? Кто договаривался с Аничковой о встрече, назвавшись Любовью Кабалкиной из фирмы «Планета»? Кто велел племяннику вырвать листок из ежедневника? И в конце-то концов, кто ее убил?

Ладно, Селуянов придумал какую-то комбинацию, вчера он как следует напугал Кабалкину, сегодня попросил Зарубина еще подлить масла в огонь, теперь будет ждать, что Кабалкина предпримет. Возле дома мальчонка пасется, наверное, тот, о котором Селуянов предупреждал, так что, ежели

Любовь Григорьевна куда соберется, все будет под контролем.

Посмотрим. Свою часть работы Зарубин сделал, можно ехать отчитываться.

Только вот на душе тяжело — просто невыносимо.

ГЛАВА 12

Утро, начавшееся так славно, к полудню перешло в сплошную нервотрепку.

Чистяков поднялся ни свет ни заря, чтобы не опоздать на работу, Настя же, пренебрегая обязанностями хорошей жены, проспала до девяти и посмотрела очень интересный сон, вместо того чтобы приготовить мужу завтрак и проводить его до крыльца.

День обещал быть недождливым и даже полусолнечным, Настя отлично выспалась и с большим удовольствием наверстала двухдневный план по пушистым воздушным булочкам, на которые вчера утром даже смотреть не хотела. Масла и джема при этом было употреблено весьма немало. Изрядно, можно сказать, употреблено.

Посмеиваясь над собой, она надписала и расклеила по всему первому этажу бумажки с надписью «Снять с охраны». Полюбовалась на расцвеченный желтыми квадратиками дизайн и завалилась на диван с намерением предаться очередному этапу «разгребания хлама», как называл эту умственную работу Павел Дюжин. Ей удалось за несколько дней упорного труда «простить и отпустить» и начальника, и саму себя, но вот с гордыней предстояло повозиться как следует. Настя даже не ожидала, что этого замечательного греха в ней окажется так много, и у нее возникало ощущение, что она словно выгребает его из себя лопатой, а он все не кончается и не кончается. Она старательно вспоминала всю свою жизнь, выискивая обиды, когда ей казалось, что с ней обошлись не так, как она того заслуживала, она же была такой хорошей и сделала все правильно, а ее не оценили, не похвалили, а иногда даже и ругали. Она вытаскивала на поверхность все ситуации, когда пыталась думать и решать за других и настаивать на правильности своей точки зрения. С ужасом и отвращением вспоминала она, как мучилась подозрениями в адрес отчима и как ненавидела себя за недоверие к близкому человеку, при этом ни словом не обмолвившись об этом Чистякову. Почему? Сейчас она уже не помнила этого отчетливо, прошло несколько лет. Кажется, она была уверена, что он не поймет ее страданий. Или боялась упасть в его глазах, не хотела выглядеть дурой, легко пошедшей на поводу у первого же подозрения. Одним словом, заранее за него решила, что и как он будет думать и чувствовать. Она же такая умная, так хорошо изучила характер своего мужа и знает про него все заранее. И что же это, если не гордыня? Она, матушка, она самая и есть. Высказать себе все, попросить прощения у Лешки, простить себя...

На память пришла фраза из популярного фильма: «Прости ты меня, дуру глупую!» Настя невольно улыбнулась, и на ближайшие несколько часов это оказалось последним мгновением легкой и теплой радости.

С дивана ее поднял телефонный звонок.

— Доченька, — послышался уверенный голос матери, — я устроила тебе консультацию у очень хорошего врача. Тебе нужно быть у него сегодня с четырех до пяти, он будет ждать. Запиши адрес.

— Какого врача? Зачем? — растерялась Настя.

— Как это зачем? У тебя так долго не проходят боли, и ваши врачи в госпитале не знали, почему. Значит, нужно показаться специалисту, который в этом разбирается. Это очень хороший врач, я попросила...

Далее следовал длинный перечень знакомых, через которых матери удалось договориться о консультации. Сегодня с четырех до пяти.

— Мам, да у меня все в порядке, — Настя еще пыталась сопротивляться, хотя умом понимала всю бесполезность этой затеи. — С чего ты взяла, что у меня боль не проходит? Она проходит, честное слово.

— Ты никогда не говоришь мне правду, я тебя знаю, — безапелляционно заявила мать. — Ты же никогда не пожалуешься, у тебя всегда все в порядке, а я видела, как ты мучилась, когда в госпитале лежала. Если бы с ногой все было в порядке, ты бы ходила гораздо лучше.

— Но я же за городом! Как я буду добираться?

— Попроси Алешу, пусть приедет и отвезет тебя.

— Он работает...

Не рассказывать же маме, что случилось позавчера, и как она боялась, и как Лешка приехал ее спасать посреди рабочей недели, и что он только недавно уехал и было бы совершенно бессовестным заставлять его немедленно разворачиваться и ехать назад, чтобы везти ее в Москву к доктору. Матушка не должна беспокоиться за нее, Настя давно уже выбрала для себя роль дочери, у которой «все в порядке».

— Значит, вызови такси. Настюша, не надо нагромождать проблемы там, где их нет. Вот с ногой у тебя действительно проблемы, и ты должна ими заниматься, а транспорт — вопрос абсолютно решаемый. Съезди к врачу и вечером обязательно позвони мне, что там и как.

Настя покорно записала адрес и имя врача. Ну и влипла же она! Не ехать — мама смертельно обидится, вон сколько людей она на ноги подняла, чтобы найти самого-самого крутого специалиста по переломам. И все эти люди будут ворчать и на маму, и друг на друга, мы, мол, договаривались, искали, просили, а больная не явилась на прием. Придется ехать.

Но как, интересно знать? Все, кого можно попросить помочь, работают, и срывать их с места вот так, с бухты-барахты, просто неприлично. Может, и в самом деле вызвать такси? Водитель отвезет ее к врачу, подождет, сколько нужно, и привезет обратно. Интересно, сколько это может стоить? Еще небось и не каждая фирма подает машины в область. Ладно, нечего рассуждать на пустом месте, надо брать телефонную книжку, где записано штук пять телефонов разных фирм, и начинать обзвон.

Настя потянулась за книжкой, которая еще со вчерашнего вечера лежала на видном месте, и обнаружила приклеенный к обложке листочек-стикер, на котором ее же почерком было выведено: «Самарин Валентин Николаевич», адрес и домашний телефон. А что, если попросить его? Уж ему-то, должно быть, совершенно все равно, куда ехать.

Настя быстро набрала номер и услышала в трубке женский голос:

— Его нет, он будет только поздно вечером.

— Вы не подскажете, как с ним можно

связаться? — спросила Настя. — Может быть, у него есть мобильный телефон?

— Простите, а с кем я говорю?

Хороший вопрос. Еще бы понимать, как на него нужно отвечать. Вернее, как на него можно отвечать.

— Меня зовут Анастасия Павловна. — Ей казалось, что так будет вполне нейтрально. Кто его знает, этого временно безработного филолога, рассказал он жене, или кто там у него снял трубку, о своем вчерашнем приключении с колесом и о новых знакомых, к которым он обещал приезжать после обеда, или умолчал.

— Ах, Анастасия! — В голосе женщины явно прозвучала радость узнавания, и Настя с облегчением перевела дух. Значит, рассказал. — Это с вами он вчера познакомился?

— Со мной, — подтвердила она.

— Валя мне сказал, что он приедет к вам часов в пять.

— Это верно, но мне нужно с ним связаться. Это возможно?

— Конечно, конечно, запишите номер.

Ну вот, уже легче. Значит, человек, который вчера был у них, действительно Самарин, он назвался своим именем, а не чужим. Теперь растаяла последняя крошечка подозрения, все еще остававшаяся у Насти.

Самарин с готовностью откликнулся на просьбу изменить график, приехать в Болотники и отвезти Настю в город, к врачу, а потом доставить назад.

— Ну что вы, никакого беспокойства, мне ведь все равно нужно ездить, набирать объем тренировок. В котором часу вы должны быть у врача?

— С четырех до пяти.

— Как вы думаете, во сколько нам нужно выезжать из Болотников?

— Наверное, в половине третьего.

— Договорились, в два я буду у вас. Вы нальете мне чашку чаю, и в половине третьего будем выдвигаться.

Интересно, он в самом деле имеет в виду только чашку чаю или рассчитывает на что-нибудь посущественнее? Настя поплелась на кухню и обозрела содержимое холодильника. Себе на обед она запланировала сладкую творожную массу и пачку простокваши, уже с утра свеженькое принесли. А если вдруг придется кормить-угощать, то чем? Господи, ну за что ей вся эта головная боль? Она собиралась так славно провести день в тишине, покое и размышлениях, подумать, погулять, полежать, потом пообщаться с новым знакомым, который скрасит ей тревожное напряжение вечера, проведенного в одиноко стоящем загородном доме. А что получила вместо этого? Разбитый день. Нарушенные планы. Какого-то врача, к которому ехать совершенно не хочется, а главное — не нужно. Нога поправляется, ходит Настя с каждым днем все легче и дольше, и все идет как надо. Мама всегда была уверена, что лучше знает, что именно и когда именно нужно ее дочери. Она хочет помочь Насте, она сделала это из любви к ней, а в результате доставила ненужные хлопоты. И еще сто пятьдесят долларов за консультацию придется выложить. Матушке, разумеется, и в голову не пришло поинтересоваться, есть ли у Насти при себе такие деньги. Они, конечно, были, Лешка оставил ей на всякий случай, мало ли что, а вовсе не для того, чтобы она их тратила на то, в чем абсолютно не нуждается. Ну почему так нелепо получается?

И еще Настя злилась сама на себя из-за того, что испытывает раздражение на мать. В общем, вместо положительных эмоций — сплошной негатив.

В начале второго она начала готовиться. Вытащила из большой дорожной сумки джинсы, критически оглядела их и решила, что гладить, пожалуй, не нужно. Все эти дни она так и ходила в спортивном костюме, в который влезла еще в госпитале, и джинсы показались ей какими-то чужими и непривычными. В той же сумке лежали два «приличных» свитера, Настя никак не могла решить, какой именно надеть, и от этого сердилась и раздражалась еще больше. Один черный, короткий и теплый, другой — белый, длинный и тонкий. Наверное, все-таки теплый, чай, не лето на дворе, осень кончается.

Тяжело вздохнув, она сняла спортивные брюки и стала натягивать джинсы. И обомлела.

Между пуговицей и петлей на поясе появилось расстояние сантиметров в пять, которое не сокращалось. Настя решила в первый момент, что за полтора месяца потеряла квалификацию в многотрудном деле надевания джинсов, и потянула сильнее. Расстояние стало чуть меньше, но не настолько, чтобы штаны можно было застегнуть. И замок на «молнии» дошел только до середины своего скорбного пути, после чего намертво остановился. И не потому, что сломался, нет, он был целехонек.

Вот они, пушистые булочки с маслом и джемом, килограммы шоколадных конфет, многочасовое лежание на диване и крепкий здоровый сон. А еще многодневное пребывание на больничной койке при минимуме движений и постоянном погрызании чего-нибудь вкусненького. Коварные спортивные брюки на резинке все это время хранили молчание, ничем не намекнув своей хозяйке на катастрофическое разрастание объемов талии и бедер.

Ну и что теперь делать со всем этим телесным богатством? Во что его упаковывать? Все в тот же спортивный костюм? Она бросила взгляд на сиротливо валяющиеся на полу мягкие бирюзовые брюки и внезапно испытала приступ ненависти и к ним, и к себе самой. Дура, обжора, растолстела на черт знает сколько сантиметров и килограммов, теперь надеть нечего. И штаны эти дурацкие, с темно-синими полосками по бокам, она уже видеть не может.

«Буду носить джинсы, — со свирепой решимостью подумала Настя. — Пусть мне в них будет неудобно лежать, мне же хуже. Пусть они мне тесны, зато я каждую минуту буду помнить о том, что нужно сбрасывать вес и худеть до прежнего размера. Вот прямо сейчас и начну. И пусть мне будет хуже».

Джинсы сидели на ней так плотно, что не спадали, даже будучи расстегнутыми. Закусив губу от злости, обиды на весь кулинарно-кондитерский мир и от боли, Настя потащилась на второй этаж. Наверняка в шкафу у Дюжина есть какой-нибудь ремень для джинсов.

Ремень нашелся. Настя вдела его в петельки на поясе, застегнула и почувствовала себя немного увереннее. Теперь штаны точно не свалятся. Заодно и проблема выбора свитера решилась сама собой. Какой же может быть короткий свитерок при незастегнутых штанах? Конечно, только длинный. В котором она точно замерзнет. Ну и пусть. Пусть ей будет хуже. Сама виновата. Нечего было конфеты горстями глотать.

И больше никаких булочек, только черный хлеб и галеты. И обедать она сегодня не станет, все равно от расстройства аппетит пропал. А какое хорошее настроение у нее было с утра! Ни следа не осталось...

Самарин приехал в начале третьего, долго извинялся за то, что опоздал на десять минут, объяснял, что еще не умеет точно рассчитывать время, когда едет на большие расстояния, быстро выпил предложенную чашку чаю с двумя бутербродами и выразил готовность немедленно везти Настю к врачу.

— Вы дорогу знаете? — спросил он.

— Нет, только адрес. Я там никогда не была.

— Тогда вы пока собирайтесь, одевайтесь, а адрес дайте мне, я в машине по атласу посмотрю, как ехать.

Настя протянула ему листок с адресом, проверила содержимое сумки — деньги в конверте, кошелек, паспорт, удостоверение, выписка из истории болезни. Кажется, все на месте. Надела куртку, позвонила в охрану, взяла палку. Неприязненно оглядела себя в большом, в человеческий рост, зеркале, стоящем в прихожей. Ну и видок! Длинный свитер торчит из-под куртки, голова немытая, она же не собиралась сегодня «выходить в свет». Ладно, все равно ничего изменить нельзя.

Самарин вел машину довольно уверенно, видно, не зря каждый день практиковался.

— Вам сколько лет? — неожиданно спросил он.

— Сорок два. А что?

— А мне сорок шесть. Я вот подумал, что если мы с вами почти ровесники, то, может быть, перейдем на «ты»?

Предложение Настю не устроило.

— Мне это сложно, — аккуратно ответила она.

— Тогда не буду настаивать, — тут же согласился Самарин. — Но давайте хотя бы обходиться без отчества. Будем называть друг друга просто по имени. Вы — Настя, я — Валя. Договорились?

— Это можно.

— Настя, откуда у вас мой домашний телефон? Вы что, проверяли меня?

— А как же. Поставьте себя на мое место, и вы поймете, что это было разумно и правильно. Зато теперь я точно знаю, что вы именно Валентин Николаевич Самарин, кандидат филологических наук, а не беглый каторжник. Мне так спокойнее.

— Я вас понимаю, — негромко ответил он. — А какие еще сведения можно узнать при такой проверке? Давайте начнем курс милицейского ликбеза, если вы не против.

— Давайте. Можно узнать адрес, кто прописан по этому адресу, с какого времени, где проживал раньше. Номер и серию паспорта, год рождения, наличие судимостей. Это если запрашивать паспортную службу. А если найти участкового, да еще если он окажется толковым, то можно узнать, кто реально проживает в квартире и где они все работают. Но на это шансов, честно говоря, мало.

— Почему?

— Участковые, как правило, знают проблемных жителей, судимых, алкоголиков, семейных дебоширов и прочих. В спокойных семьях они обычно не бывают и никого не знают.

— А меня?

Ей показалось, что в голосе Валентина прозвучала беспокойная нотка.

— Не знаю. Вы сами-то видели своего участкового хоть раз?

— Н-нет... кажется. Не помню. Вроде бы нет.

— Ну, значит, он вашей семьей не интересуется и ничего про вас не знает. А вас это беспокоит?

— Ничуть, — он развеселился. — Просто меня, как почти всякого человека, интересует, кто и что обо мне знает. Расскажите мне подробнее про участковых, чем они занимаются, за что отвечают. Я ведь совсем ничего про это не знаю.

Лекции о работе участковых инспекторов хватило как раз до Кольцевой дороги, и на территорию Москвы они въехали одновременно с началом следующей лекции, на этот раз о том, как организовано предварительное расследование. Самарин часто перебивал Настю, задавая вопросы, и каждый раз она поражалась тому, до какой же степени люди, не связанные с правоохранительной системой, искаженно представляют себе, как она устроена. Ее новый знакомый, например, был свято уверен в том, что начальник уголовного розыска может отдавать приказания следователю и вообще имеет право вызывать его к себе не то что в кабинет, а чуть ли не «на ковер». По его непонятно откуда взявшимся представлениям, существует такая фигура, как «следователь уголовного розыска». Услышав это, Настя так хохотала, что Валентин чуть не обиделся. И вообще, из его вопросов она узнала массу интересного. Например, что следственное управление находится на Петровке, 38; что один и тот же оперативник может сегодня заниматься раскрытием квартирной кражи, завтра — убийством, а послезавтра вывозом антикварных ценностей и произведений искусства; что именно в уголовном розыске принимается судьбоносное решение о том, когда работу по делу можно прекращать; что оперативник, работающий в окружном управлении, может носить звание полковника, а его непосредственный начальник — генерал; что результаты экспертизы становятся известны в первую очередь именно сыщикам, а уж они доводят их до сведения следователя; что следователи самолично бегают с пистолетом в руке и задерживают преступников, а также переодеваются, гримируются и внедряются в преступные группировки. И много чего другого, не менее любопытного и веселого.

— Да, Валя, — сказала она, вдоволь нахохотавшись, — с такими знаниями вам не детективы нужно сочинять, а пародии на них.

— Так откуда же другим знаниям взяться? — весело отпарировал он. — Мы их черпаем только из фильмов и книжек, а там все именно так и написано. Я, конечно, подозревал, что на самом деле все устроено как-то по-другому, потому и прошу вас подробно мне все объяснить.

К клинике, где принимал чудо-доктор, они подъехали в двадцать минут пятого.

— Вас проводить? — заботливо поинтересовался Самарин.

— Не нужно, Валя, я сама дойду. Только я не знаю, сколько вам придется меня ждать. Может быть, там очередь.

Он помог ей выйти из машины, подал палку, лежащую на заднем сиденье. Осмотрелся вокруг и радостно махнул рукой в сторону здания, стоящего на противоположной стороне.

— Вон там книжный магазин, если меня туда запустить, то это надолго. Я пойду в книгах покопаюсь, а вы, как освободитесь, позвоните мне. Телефон у вас с собой?

Настя открыла сумку и проверила: листочек с номером мобильного телефона Самарина был на месте. Валентин запер машину и направился к подземному переходу, а Настя вошла в здание клиники, где ее долго выспрашивали, к кому и по какому вопросу она пришла, потом проверяли по телефону, записана ли она на прием к профессору, после чего так же долго и подробно объясняли, куда идти, где свернуть, на каком лифте подняться и как найти нужный кабинет. Дорога оказалась длинной и не сказать чтоб уж очень простой. Настя трижды умудрялась пойти не по тому коридору и попасть не в тот корпус и под конец путешествия разозлилась на себя за свою тупость, на ногу, которая болела, на архитекторов, которые все это придумали, и на мать, которая ей все это устроила.

Единственным, что примирило ее с действительностью, было отсутствие очереди перед кабинетом профессора. Профессор, круче которого, если верить матери, в Москве не было, оказался молодым, высоким, худым и совершенно лысым.

— Я вас слушаю, — как-то подозрительно ласково произнес он. — Что вас беспокоит?

Да ничего ее не беспокоит! Она вообще

ехать сюда не хотела. Вот что ему теперь говорить? Нога болит с каждым днем все меньше и меньше, нагрузки она выдерживает все бо́льшие и бо́льшие, и жаловаться Насте абсолютно не на что. А может, сказать все как есть?

— Видите ли, — начала она, судорожно мечась в поисках нужных слов, — мы с вами оказались жертвами недоразумения.

— Даже так?

Его лысина засияла ярче, словно в предвкушении чего-то новенького и любопытненького.

— У меня после перелома очень долго болела нога, и врачи не могли понять, почему боль не проходит. В этом состоянии меня выписали домой. Но теперь, мне кажется, все в порядке, я поправляюсь, но моя мама очень переживает, она решила, что со мной что-то серьезное...

— Какие нагрузки вы выдерживаете? — перебил он ее, быстро просматривая выписку, которую Насте дали в госпитале.

— Сорок минут ходьбы.

— Когда появляется боль? Сразу или к концу прогулки?

— Примерно на середине. Скорее даже ближе к концу.

— Ходите с палкой?

— Дома — нет, а на прогулку хожу, конечно, с палкой.

— Давайте я вас посмотрю.

Профессор задал ей еще два десятка вопросов, на которые Настя постаралась ответить точно и добросовестно, потом осмотрел ногу.

— Не вижу ничего экстраординарного, — он пожал плечами и снова сверкнул лысиной, усаживаясь за стол. — Учитывая время, которое прошло с момента перелома, ваше состояние могло быть даже несколько хуже. Когда наступило улучшение?

— Неделю назад.

— А до этого все время были сильные боли?

— Все время.

— И что вы хотите от меня услышать? Объяснения, почему так долго болело, а потом резко стало улучшаться?

— Нет. А... — она осторожно посмотрела на него, — вы могли бы дать такое объяснение?

— Мог бы. Но не уверен, что вам это нужно. Да и какая вам разница? Зачем вам углубляться в медицинские тонкости? Главное, что улучшение наступило и идет оно очень высокими темпами. По вашему сегодняшнему состоянию, вы в моей помощи не нуждаетесь. Примерно через две недели вы можете выходить на работу.

— То есть вы хотите сказать, что я могла бы к вам не приходить? — прямо спросила Настя.

— В этом не было никакой необходимости, — он улыбнулся чуть смущенно, глядя на длинный белый конверт, который Настя вытащила из сумки и положила на стол прямо перед ним. — Только если для вашего собственного спокойствия.

— Спасибо, — вздохнула она.

«Ну маменька, ну удружила, — думала она, плетясь по длинным бестолковым коридорам к выходу. — Сто пятьдесят баксов псу под хвост. Да еще и настроение испорчено. И кто ее просил устраивать мне эту консультацию? Я понимаю, она хотела как лучше, она думала, что нога у меня болит все так же сильно, как раньше, а я просто скрываю, не жалуюсь... Не делай, не говори и не думай ничего, о чем тебя не просят. С «не делай» и «не говори» вроде бы понятно. А вот «не думай»... Может быть, это как раз тот случай? Не забыть бы поговорить об этом с Пашей Дюжиным».

В гардеробе, надев куртку, она уже вытащила из сумки телефон, чтобы позвонить филологу Валентину, но ее опередил чей-то звонок.

— Опять гуляешь? — Коротков говорил так бодро, что Настя сразу поняла: еще немного — и он сорвется. Совсем, видно, устал. — Битый час названиваю тебе по городскому, а ты не подходишь. Смотри, совсем загуляешься, дорогу к дому не найдешь.

— А я в Москве, — сообщила она уныло.

— Да ну? Честно?

— Угу. К врачу ездила, на консультацию.

— И что врач сказал?

— Что через две недели могу приступать.

— Не, две недели это слишком долго, это я столько не выдержу.

Да он и двух часов не выдержит, бедолага. Кто сказал, что быть начальником легче, чем подчиненным исполнителем?

— Ты территориально где сейчас? — спросил Коротков.

— На Пироговке.

— Лешка с тобой?

— Нет, он в Жуковском. А что, он тебе нужен?

— Да на фиг он мне сдался. Мне ты нужна. Ты на чьих колесах?

— Ты не знаешь... Один знакомый. А что нужно-то?

— Можешь подъехать к Ольшанскому в горпрокуратуру? Мы тут на совещание собрались.

— Ну а я-то при чем? Я же на больничном.

— Слушай, подруга, не вредничай, а? И без того жизнь такая, что не продохнуть. Ольшанский тебя хочет, он нашим хилым мозгам не доверяет. Ася, я серьезно. Приезжай, а?

— Юрочка, ну какой от меня толк, ну

ты сам подумай? Я же половины информации по делам не знаю.

— А вот и хорошо. У нас глаза уже замылились, а ты свежим взглядом... Короче, приедешь?

— Не знаю, Юр, мне надо у водителя спросить, может, у него планы другие.

— Да и черт с ними, с его планами, пусть он тебя только до Кузнецкого добросит, а на дачу я тебя сам отвезу. Заодно и переночую, если пустишь.

— А Ирина что на это скажет?

— Она в Минск на съемки укатила. Так пустишь переночевать-то?

Где-то вдалеке за голосом Короткова послышался дружный хохот. Видно, кто-то из ребят, присутствовавших при этом разговоре, весьма своеобразно комментировал услышанное. Наверняка Сережка Зарубин дурака валяет.

— Пущу, что с тобой сделаешь. Ладно, ждите, скоро приеду, если в пробках не застряну.

Она вышла на улицу. Самарин уже сидел в машине и с увлечением читал какую-то книгу. Услышав, что она открывает дверь, тут же выскочил и бережно усадил ее на переднее сиденье.

— Что сказал доктор?

— Что буду жить долго и счастливо.

На этот вопрос за последние десять минут пришлось отвечать уже во второй раз.

А еще ребята обязательно спросят. А потом Лешка. И маме надо будет доложить. Как бы не разозлиться раньше времени. А лучше всего придумать что-нибудь, чтобы вообще не раздражаться по этому поводу. Как Лешка вчера сказал? Если не можешь выбрать действие, то выбери мотивацию. Не отвечать на вопрос она не может, если в разговоре с ребятами еще можно отшутиться, то мама и муж потребуют обстоятельного отчета. Что ж, будем выбирать мотивацию и чувствовать себя свободной.

— Куда едем? Назад в Болотники?

— В городскую прокуратуру. Знаете, где это?

— Конечно. Вас там нужно будет подождать?

— Нет, Валя, спасибо, на сегодня мы на этом закончим. Там совещание у следователя, оно может продлиться очень долго, так что ждать меня не нужно.

— Как же вы доберетесь до дачи?

— Меня отвезут.

— Ладно. А завтра мне приезжать?

— На ваше усмотрение. Мы с мужем будем рады вас видеть, завтра суббота, и до утра понедельника он пробудет со мной. Так что охранять меня не нужно, а если заедете просто в гости — милости просим.

Он был совершенно не нужен ей, этот безработный филолог, пытающийся заработать деньги сочинением детективов, но ведь он потратил на нее столько времени, оказал ей любезность, помог. И потом, это она сейчас такая храбрая и может думать, что ей кто-то там не нужен, потому что она в Москве, и еще относительно светло, и ночевать с ней будет Коротков, а завтра утром приедет Лешка. Но настанет понедельник, сначала утро, потом вечер. И наступит момент, когда она очень сильно усомнится в том, что ей никто не нужен.

Из размышлений ее вывел осторожный вопрос Самарина:

— А разве сотрудников, которые на больничном, вызывают на совещания?

— И да, и нет.

— Как это?

— Видите ли, Валя, военизированные организации отличаются от гражданских тем, что больничный лист не дает автоматически освобождения от работы. Освободить от работы может только начальник. Ты ему показываешь больничный лист, а он принимает решение, отпустить тебя болеть или оставить на работе.

— Да вы что? Неужели правда?!

Он был так искренне изумлен, этот глубоко цивильный человек, что чуть на красный свет не проехал.

— Это же... бесчеловечно! Как так можно, я не понимаю!

— А никто не понимает, — засмеялась Настя. — Поэтому в девяноста девяти про-

А. Маринина

центах случаев сотрудники звонят начальникам по телефону, сообщают, что болеют, и дальше все происходит как у всех обычных людей. Но один процент исключений сохраняется. Бывают ситуации, когда начальники болеть не разрешают.

— И это именно ваш случай?

— Нет, не мой. У меня начальник нормальный, хороший.

Сказала — и испугалась. Впервые за без малого полтора года она назвала Афоню хорошим начальником. Вслух назвала. И была при этом... искренна, да-да, совершенно искренна. Она сказала то, что думала. Откуда в ее голове появилась эта странная мысль? Афоня, Вячеслав Михайлович Афанасьев — хороший. Ну надо же!

— Почему же вы едете на совещание?

— Друзья попросили. И следователь. Они хотят, чтобы я посмотрела на ситуацию свежим взглядом.

— А что, запутанное дело?

— Запутанное, — подтвердила Настя.

Она ожидала, что Валентин начнет приставать с расспросами, ну как же, запутанное дело, страшное преступление, а ему как раз сюжет нужно придумывать. Однако он ничего не спросил. Деликатный, что ли?

Настя все время ерзала на сиденье, потому что затянутый на талии ремень впивался в живот, и вообще в тесных джинсах ей было неудобно. Ничего, думала она, потерпишь, любишь конфеты есть — вот и получи.

* * *

Коротков ждал ее на улице. Едва машина остановилась, Юра тут же кинулся помогать Насте выходить. От нее не укрылся пристальный, заинтересованный взгляд, который он кинул на Самарина. «Нравственность мою блюдет, — со смехом подумала она. — Интересуется, кто же это меня возил, если не муж. Не старший товарищ по работе, а просто дуэнья какая-то».

— Это кто? — строго спросил Юра, крепко держа Настю под руку и ведя по лестнице вверх.

— Самарин, про которого ты мне вчера справки наводил.

— А-а... тогда ладно. Ты мне в двух словах все-таки скажи, что доктор говорил?

Началось. Какую выберем мотивацию? Ты любишь всех людей, которые зададут тебе этот вопрос, ты желаешь им только добра, ты не хочешь, чтобы они попусту беспокоились и тратили свои бесценные нервные клетки, которые не восстанавливаются. Поэтому ты с удовольствием расскажешь им о том, что у тебя все хорошо, что процесс восстановления сломанной ноги идет даже быстрее, чем можно было ожидать, и что врач сам удивился тому, насколько все отлично, тем более если недавно все было совсем плохо. И все будут рады это услышать, и всем станет весело и легко.

Господи, как же он обрадовался, старый верный друг Юрка! Измученное, осунувшееся лицо просияло, он обнял Настю и расцеловал в обе щеки прямо посреди лестничной площадки на глазах у строгих работников горпрокуратуры.

— Ну слава богу, хоть что-то радостное есть в этой тухлой жизни.

А она-то чему так радуется? Почему ей вдруг стало так хорошо, так тепло внутри?

Настя давно не была в кабинете Ольшанского, еще с весны, как-то не доводилось им в последние месяцы вместе работать. Ее приятно удивили произошедшие перемены: в кабинете сделали ремонт, обставили новой мебелью, и из берлоги он превратился в нечто официальное. Правда, в берлоге так хорошо работалось, было захламлено, пыльно и уютно, а теперь здесь хотелось только руководить. Во всяком случае, впечатление у Насти сложилось именно такое.

Ну что, спросят или нет?

Конечно, спросили. Вероятно, выбор мотивации для подробного ответа о видах на урожай был сделан правильно, Настя больше не раздражалась, а ребята так искренне радовались! Даже Ольшанский, обычно скуповатый на проявления эмоций, счастливо улыбался, словно речь шла не о Настиной сломанной ноге, до которой ему, в сущности, не было никакого дела, а по меньшей мере о присвоении ему звания заслуженного юриста Российской Федерации.

— Я был сегодня у начальника управления, — сообщил Ольшанский, — ребята уже знают, но для тебя, Каменская, так и быть, повторю. Прозондировал почву насчет объединения дел об убийствах Ларисы Риттер и Аничковой. Начальник, конечно, потребовал аргументы, но вот Селуянов обещает мне все хвостики подобрать, так что можно считать, что в ближайшие дни оба дела буду вести я. Тем паче следователь, который ведет дело Аничковой, только рад будет от обузы избавиться. Мы тут все уже пережевали, пока тебя не было, так что давай прямо с тебя и начнем. Есть идеи?

— Есть, — сказала она, — но глупые. Говорить?

— Валяй, — подал голос Сережа Зарубин, — хоть посмеемся, а то все так серьезно, так серьезно, прямо повеситься хочется.

Сидящий рядом с ним Миша Доценко тут же отвесил Сереге увесистый подзатыльник.

— Не обращай внимания, Настя. Говори.

— Ну вот... — она набрала в легкие побольше воздуха. — Только вы не ругайтесь, это все на бред похоже. Но я же понимаю, что все, что не бред, вы уже проговорили и продумали.

— Кончай с реверансами, не на балу, — грубовато оборвал ее Ольшанский.

— Смотрите, что получается. Сначала убивают психолога Аничкову, и к этому вроде бы каким-то боком причастна Любовь Кабалкина, хотя веских улик никаких нет, только косвенные пока. Потом убивают актрису Халипову, и мы интенсивно работаем со старшей сестрой Кабалкиной, Анитой Волковой. И опять ничего. Потом убивают жену брата Волковой, Валерия Риттера. Причем ситуация уже совершенно классическая: милиционеры подозревают мужа, обнаружившего тело и вызвавшего милицию. И Кабалкина, и Волкова, и Риттер являются представителями в прошлом одной, но раздвоившейся семьи: семьи Станислава Оттовича Риттера и Зои Петровны Кабалкиной. И складывается такое впечатление, что кто-то хочет этой семье устроить гадость. Такую, чтобы мало не показалось. Всех или посадить, или замазать. Короче, устроить им всем неприятности, желательно с правовыми последствиями. Вот. Я все сказала.

— Не получается, — покачал головой Ольшанский.

— Почему?

— С Кабалкиной и Волковой получается, а с Риттером — нет. Ну-ка, Коля, расскажи нам еще раз, что тебе Волкова поведала.

— Волкова, — начал Селуянов, — намекала, что Риттер мог убить свою жену, чтобы сохранить ее реноме и сделать рекламу ее картинам. Ну, там, трагически погибла, таинственная смерть, в расцвете лет, такая талантливая и все такое. Поведение Ларисы приняло угрожающие формы, она слишком увлеклась наркотиками и беспорядочным образом жизни, риск огласки стал очень реальным, а денег в ее раскрутку Риттер вложил немерено, и вот, чтобы деньги не пропали, он пошел на убийство.

Н-да, этого Настя не знала. Что ж, это в корне меняет картину. А жаль, версия была такая симпатичная. Но, может быть...

— Может быть, все то же самое, но без Риттера? Кто-то хочет напакостить Кабалкиной и Волковой? Отсекаем из рассуждений семью Риттер, и остается семья Зои Петровны Кабалкиной. А Лариса Риттер — печальное совпадение, — предложила она новый вариант.

— Можно обсуждать, — кивнул следователь. — Кто начнет?

— Я, — проворчал Коротков. — Поскольку Риттер этот мне просто жуть как не нравится, я вам скажу так: он и жену свою грохнул, и родственниц подставить хотел. Тогда все сходится. Только надо мотив найти. Ну ты, мать, голова! — он повернулся к Насте и подмигнул. — Не зря я тебя выдернул на совещание, гляди, какую плодотворную мысль ты подала.

— Выдернул дедка репку, — тут же пискнул со своего места Зарубин. — Он первым в очереди стоял. А про Жучку никто и не вспомнил, хотя, пока она не подключилась, репка не вытаскивалась.

— Слышь ты, Жучка, я тебя скоро на цепь посажу, — не выдержал Коротков. — Ты уймешься когда-нибудь или нет?

— Константин Михалыч, он мне угрожает, — Сергей сделал гримасу детсадовского ябеды. — Все слышали.

— Товарищи сыщики, я все понимаю, вы устали, я тоже устал, — строго проговорил Ольшанский. — Давайте к делу. Кстати, кто занимается убийством актрисы?

— Николаев.

— Это хорошо. С ним проблем не будет. Но не исключено, что, если версия окажется правильной, мне придется и это дело забирать, объединять все три в одно производство. Даю вам завтрашний день на то, чтобы вы раскопали все семейные тайны Риттеров и Кабалкиных. Завтра у нас что?

— Суббота, — подсказал Доценко.

— Ладно, так и быть, даю вам полтора дня, всю субботу и половину воскресенья. В воскресенье вечером у меня должно быть четкое понимание ситуации, чтобы было с чем в понедельник утром идти к начальству, с вопросом об объединении двух дел или трех. Задача ясна?

— Ясна, — нестройно загудели сыщики.

— Хорошо. Сейчас я позвоню экспертам, они обещали к семи часам хоть что-нибудь умное сказать, и приступим к обсуждению деталей.

Он взялся за телефон, а оперативники тут же принялись шушукаться. Зарубин начал стонать по поводу опять пропавших выходных, Миша Доценко спрашивал у Селуянова совета по поводу покупки сантехники для новой квартиры, а Коротков шептался с Настей:

— Молодец, подруга, ты прямо как будто мои мысли читаешь.

— Какие именно? — тоже шепотом спросила она.

— Да насчет Риттера. Он жену убил, я тебе точно говорю, у него на роже это написано. Только алиби непробиваемое, надо придумать, как в нем дыру проковырять. Судмедэксперт утверждает, что смерть Ларисы наступила около четырнадцати часов в среду, обнаружил Риттер ее якобы в двадцать два тридцать, с приема, с вечеринки этой, он ушел задолго до половины одиннадцатого, еще девяти не было. Где он был? Вечером по Москве совершенно некуда ехать полтора часа. А от Бережковской набережной до Чистых Прудов за это время можно вообще пешком дойти.

— Юра, да какая разница, где он был, если ее все равно убили в два часа дня? На это время у него есть алиби?

— Пока есть. Но я его растащу по ниткам, я это алиби порву, как тузик грелку, — свирепо пообещал Коротков. — И насчет вечера ты, подруга, не права. Риттер мог убить жену днем, быстро застрелить и уйти, а вечером он приехал, внимательно все осмотрел, без спешки, следы замел, может, обыскал мастерскую и какую-нибудь компру на себя нашел и уничтожил, и только потом вызвал милицию. Вот на что время ушло. Усекаешь? Риттер мне поет, что долго сидел в машине и думал, как ему правильно поступить, не хотелось ставить жену в неловкое положение, и водитель его подтверждает, дескать, так и было. А только врут они оба, у меня нюх на вранье.

— Очень может быть, — задумчиво протянула Настя.

— Ничего не может быть! — прогрохотал прямо над их головами голос следователя.

Все мгновенно замолчали и испуганно воззрились на Ольшанского. Что это с ним? Чего не может быть?

— Всем молчать, ничего не говорить. Сейчас я скажу, а вы десять минут молчите и думаете. Только после этого начнем обсуждать. Погодите, дайте с мыслями собраться...

Народ испугался еще сильнее. Да что ж такое случилось-то? Что ему сказали по телефону? Путч, государственный переворот, к власти пришла хунта, отменили демократию? Началась война с Ираком?

— Значит, так, друзья мои сыщики, — медленно начал Ольшанский. — Лариса Риттер была здоровее нас с вами. В ее крови не обнаружено ни малейших следов каких бы то ни было сильнодействующих препаратов. Кровь как у младенца. Более того. В том флаконе, который был изъят в квартире Риттеров, хранились совершенно безобидные таблетки под названием «Глицин». Его дают даже маленьким детям для улучшения работы мозга. Когда-то, очень давно, во флаконе действительно содержалось то, что написано на этикетке, но это было в незапамятные времена, следы очень слабые, практически не обнаруживаются. И срок действия препарата, указанный на той же этикетке, истек еще два года назад, то есть сам пузырек вместе с содержимым был приобретен гораздо раньше. А мелкая пыль и крошка, которая имеется во флаконе, это глицин. Вывод: Лариса Риттер не была наркоманкой. И мне интересно, почему все так упорно утверждают обратное. А теперь перерыв десять минут на подумать.

Вот это номер! Значит, Валерию Риттеру не было никакого резона убивать жену. Или все-таки был, но какой-то другой?

ГЛАВА 13

Рейс из Афин задерживался на три с половиной часа, и эти три с половиной часа Михаил Доценко провел без всякой пользы, кляня Аэрофлот, погоду и людей, которые ухитряются уезжать в Грецию, где, как говорят, все есть, именно тогда, когда они так нужны в качестве свидетелей. Конечно, он был несправедлив к матери убитой Ларисы Риттер, ибо умом понимал, что она согласилась бы никогда в жизни не ездить за границу и вообще не выезжать из Москвы, если бы это могло спасти жизнь ее дочери. Умом-то он все понимал, майор Доценко, но ждать уже не было никаких сил. Он успел прочитать три газеты и два журнала, съесть невкусный гамбургер и выпить две бутылки минералки и три чашки кофе, когда долгожданный рейс наконец прибыл. Мать Ларисы не без труда разыскали через туристическую фирму и сообщили ей трагическую весть, так что возвращалась она раньше срока и знала, что в аэропорту Шереметьево ее будет встречать сотрудник уголовного розыска. Ох, до чего же не любил Доценко такие вот встречи! И вообще разговоры с родственниками потерпевших в первые дни после убийства превращались для него в муку мученическую. Если к виду мертвых тел он давно привык, то к человеческому горю иммунитет у него никак не вырабатывался. Ему было всех жалко, а главное — он никак не мог отделаться от чувства неловкости от того, что терзает людей вопросами, подчас неприятными, в такие тяжелые для них часы и дни.

Мать Ларисы он узнал сразу же. Среди всех выходящих в зал прилета у нее одной было отстраненное, будто инеем подернутое мертвое лицо, глаза закрыты темными очками, чтобы скрыть красноту и припухлость. Все остальные пассажиры были либо с огромным багажом, либо с отдохнувшими свежими лицами. Кроме того, мать была очень похожа на дочь, хотя если Лариса, судя по прижизненным фотографиям, была очень хорошенькой, то Светлана в свои без малого пятьдесят выглядела настоящей красавицей. Неудивительно, что после развода с отцом Ларисы она еще трижды выходила замуж. Сейчас, насколько Миша помнил, она находилась в очередном разводе.

— Светлана Евгеньевна, — Доценко осторожно тронул ее за плечо. — Это я вас встречаю.

Она медленно повернула голову, долго о чем-то думала, потом слегка кивнула.

— Мы будем здесь разговаривать? — спросила она ровным голосом.

— Если не возражаете, я отвезу вас домой, и мы поговорим по дороге.

— Хорошо.

Миша подхватил ее сумку, оказавшуюся на удивление легкой. Надо же, ему казалось, что женщины даже для двухнедельного отдыха берут с собой весь имеющийся в наличии гардероб. Во всяком случае, его жена поступала именно так.

— Как это случилось? — спросила Светлана, когда они уже выезжали со стоянки.

До этого момента она не произнесла ни слова.

— Мы пока не знаем точно. Ларису застрелили из пистолета. Это произошло у нее в мастерской в среду днем, около двух часов. Вот и все, что нам известно.

— Господи, какой ужас, — пробормотала она.

Светлана сидела рядом с Мишей, на переднем сиденье, сгорбившись, зажав ладони между коленями, и смотрела прямо перед собой, но Доценко мог бы дать голову на отсечение, что она ничего не видела. Очки она так и не сняла.

— Вы спрашивайте, что вам нужно, не обращайте внимания на мое состояние, — сказала она. — Я наглоталась успокоительных лекарств, так что рыдать не буду. Я уже там все отплакала.

— Светлана Евгеньевна, расскажите мне про Ларису. Какой она была? Какой характер, привычки? Были ли у нее друзья? С кем она встречалась до того, как вышла замуж за Риттера? Мне нужно знать все.

— Все, — тупо повторила она. — Всего никто не знает. Чужая душа — потемки. Особенно душа Ларисы.

— Почему?

— Она очень... как бы это объяснить... очень расчетливая и разумная, мне редко удавалось правильно понимать ее поступки. Знаете, мы порой думаем, что человек делает что-то по совершенно понятной причине, и воспринимаем его поведение как естественное, а потом оказывается, что он руководствовался совсем другими соображениями.

Доценко не очень понимал, что хочет сказать Светлана, но решил не перебивать ее. Ей и так трудно рассказывать. Правда, такая характеристика Ларисы абсолютно не вязалась с тем, что говорил про нее муж, называвший ее не приспособленным к жизни ребенком, легкомысленным и безответственным, но матери виднее.

— Лариса никогда не была ветреной, не встречалась с несколькими мальчиками одновременно. Она всегда воспринимала свои отношения с юношами очень серьезно. Для меня, знаете ли, было полной неожиданностью, когда она вдруг бросила Володю. Она так любила его! Или мне только

А. Маринина

так казалось? — спросила Светлана будто у себя самой.

— А почему она его бросила? — спросил Миша таким тоном, словно давно уже знал, кто такой этот Володя.

— Не понимаю. Но я часто ее не понимала, я уже говорила вам. И Володя ее безумно любил. Я была уверена, что они не будут счастливы ни с кем, кроме как друг с другом, они были на редкость гармоничной парой, подходили друг другу и по характеру, и по темпераменту. Я думала, она будет жалеть о том, что бросила его, а он будет страдать и добиваться, чтобы она вернулась. Но Лариса оказалась очень счастлива в браке, чего я никак не ожидала. Да и Володя, по-моему, не особенно страдал и в конце концов женился. Так что моя дочь и на этот раз оказалась права. Она очень прагматичная и дальновидная... была.

Вероятно, все-таки не очень, подумал Доценко. Дальновидные люди не допускают, чтобы их застрелили. Они предвидят подобное развитие ситуации и не доводят ее до критической точки.

— После замужества вы не замечали в ее поведении ничего странного? Может быть, характер изменился, привычки?

— Нет, она осталась точно такой же, как была. Спокойной и разумной.

— А вы часто виделись?

— Достаточно часто, примерно раз в две недели, иногда и чаще.

— Лариса приезжала к вам?

— И она ко мне, и я заглядывала к ней в мастерскую, если находилась в районе Чистых Прудов.

— Светлана Евгеньевна, когда вы бывали в мастерской у Ларисы, вы там кого-нибудь видели? Друзей, знакомых?

— Нет. Она всегда была одна, работала. Или отдыхала, читала, смотрела телевизор. Но всегда одна. Она не любила компаний, предпочитала одиночество.

— Вы предупреждали ее, если собирались зайти в мастерскую?

— Когда как. Бывало, что и без предупреждения приходила. Почему вы об этом спрашиваете?

— Нам нужно установить круг ее знакомых, а муж ничего сказать не может, он никого из них не знает. Вашу дочь застрелили в мастерской, а не на улице, это означает, что она кому-то открыла дверь, она впустила этого человека. Значит, она его знала. Ведь незнакомому она бы не открыла, верно?

— Ни за что, — подтвердила Светлана. — Там в двери есть «глазок», и она всегда смотрит, кто пришел. То есть смотрела... Господи, какой ужас! — снова прошептала она. — Какой ужас! К сожалению, никаких ее новых друзей я не видела, она всегда была одна, когда бы я ни пришла.

Вот даже как. Совсем непонятно. Муж, свекровь и домработница в один голос утверждают, что Лариса была наркоманкой. Кабалкина и Волкова не в счет, они живут отдельно, наблюдать ежедневное поведение Ларисы не могут и знают обо всем исключительно со слов самого Риттера. Он сказал — они поверили. Но Риттер, его мать Нина Максимовна, с которой Доценко разговаривал несколько часов, и домработница Лесняк — они-то зачем оговаривают несчастную художницу? Домработница Римма Ивановна перечислила названия препаратов, упаковки от которых находила у Ларисы, эти препараты оставляют следы в крови в течение суток, а то и больше. Если Лариса их принимала, то при вскрытии это обнаружилось бы. Все трое заявляют, что Лариса не приходила домой ночевать только тогда, когда бывала под воздействием наркотиков. Ночь перед убийством она провела в мастерской, значит, ушла в очередной полет. Ну и где он, этот наркотик? Ни в крови, ни в тканях, ни в карманах, ни в сумке, ни в мастерской.

А во флаконе, где он якобы был, находился обыкновенный глицин. Нет, не была Лариса Риттер наркоманкой, это совершенно очевидно. Мать наверняка заметила бы изменения в поведении дочери, не могла не заметить. Или она тоже лжет, как сначала пытался делать Риттер, чтобы сор из избы не выносить?

— Светлана Евгеньевна, муж Ларисы сказал, что она употребляла сильнодействующие препараты. Вам об этом что-нибудь известно?

Впервые за все время она повернула голову в сторону Доценко, хотя за темными стеклами не видно было, куда она смотрит.

— Препараты? Зачем? Лариса ничем не болела.

— Ну, препараты принимают не только когда болеют, — осторожно заметил Миша. — Иногда их принимают, чтобы на душе стало хорошо. Лариса этим не увлекалась?

— Никогда, — отрезала Светлана. — Неужели Валера мог так сказать? Глупость какая! Это совершенно не в ее характере. Может быть, он имел в виду что-то другое? Может, вы его неправильно поняли?

— Светлана Евгеньевна, — Миша вздохнул, — ваш зять и его матушка твердо заявляют, что Лариса была наркоманкой. Вы можете это как-то объяснить?

— Бред! Чудовищный бред! Зачем им это нужно? Зачем они наговаривают на девочку?

Светлана повысила голос и повернулась на сиденье так, чтобы сидеть лицом к Доценко.

— Я не понимаю... Нина Максимовна и Валера — они такие милые люди, умные, порядочные, они к Ларисе прекрасно относились. Как же они могут так поступать? Нет, я не верю, этого не может быть, вы, наверное, что-то путаете или недопонимаете.

Значит, Лариса наркоманкой не была, а ее муж и свекровь — милые, умные и порядочные. Нет, не вяжется. Либо одно, либо другое, вместе никак не получается. Либо Лариса все-таки была наркоманкой, либо ее муж и свекровь вовсе не такие милые, как о них думает Светлана Евгеньевна.

Ладно, в конце концов, мать есть мать, материнское сердце в чем-то необыкновенно прозорливо и проницательно, а в чем-то слепо и лукаво. Тем более сердце матери, только что потерявшей ребенка.

— С кем дружила Лариса? У нее были подруги?

— Были, конечно, как у всех девочек. Дружили, ссорились, мирились, расходились. Но в общем Лариса не была компанейской.

— А самая задушевная подружка есть?

— Есть. Леночка Завьялова, они с первого класса дружили. Когда Лариса пошла в художественную школу, все остальные подружки как-то отпали, а Леночка осталась. Они до сих пор общаются.

— Как мне ее найти?

— Я дам вам ее телефоны, они у меня дома записаны.

— А Володя, которого Лариса бросила? Они поддерживали отношения?

— Ну что вы, зачем? У него своя семья, у нее — своя.

— Откуда же вы узнали, что он женился? Лариса сказала?

— Да.

— А она откуда узнала, если они не общаются?

— Она узнала от Леночки. Лена была знакома с Володей. Собственно, это она Ларису с ним познакомила. Леночка работает в больнице, она медсестра. А Володя там лежал, ему аппендицит вырезали.

— Давно это было?

— Очень давно. Леночка только-только после медучилища пришла на работу. Лет шесть назад, наверное, или даже семь.

— Получается, что Лариса познакомилась с ним шесть лет назад? — уточнил Доценко.

— Ну да.

— И они сразу стали встречаться?

— Да. Любовь с первого взгляда.

— Светлана Евгеньевна, — ему в голову пришла неожиданная мысль, — а этот Володя не пытался сперва ухаживать за Леной?

— Вы хотите спросить, не отбила ли моя дочь кавалера у лучшей подружки?

— Ну... в общем, да, — честно признался он.

— Нет. Лариса так никогда не поступила бы. Володя не ухаживал за Леночкой, просто Лариса пришла к ней на работу, им нужно было обсудить какую-то девичью ерунду, и Володя ее увидел. Тут же подошел и попросил Леночку познакомить его с девушкой. Вот и вся история.

Может, и не вся. Матери отчего-то всегда уверены, что знают о своих детях всю подноготную. Ладно, об этом мы подробнее поговорим с самой Еленой Завьяловой. А пока вернемся к несчастному брошенному Володе. Не могло ли там быть застарелой обиды или ревности?

— Значит, Лариса встречалась с Володей примерно три года, а потом ушла от него к Риттеру, так?

Светлана задумалась, безмолвно шевеля губами.

— Нет, не совсем так. Лариса вышла замуж два с половиной года назад. Значит, с Володей она встречалась не три года, а четыре.

— Я не понял, Светлана Евгеньевна, как же так? Она что же, порвала с Володей накануне свадьбы? То есть был период, когда она встречалась одновременно и с Риттером, и с прежним женихом?

— Я вам уже сказала, — в голосе Светланы снова зазвучали горечь и усталость, —

моя дочь никогда не была ветреной и не встречалась одновременно с двумя молодыми людьми. Решение выйти замуж за Валеру она приняла очень быстро, они практически и не встречались. Они познакомились на похоронах Станислава Оттовича, это отец Валеры, Лариса у него училась...

— Да-да, я знаю.

— Они познакомились, — продолжала Светлана, как будто Миша ее и не перебивал, — и разошлись каждый в свою сторону. Во всяком случае, Лариса именно так мне говорила. Потом они случайно столкнулись на какой-то выставке, Риттер пригласил ее поужинать в ресторан, а через два дня сделал предложение. И Лариса его приняла. Она сказала Володе, что между ними все кончено, и на следующий день они с Валерой подали заявление.

Ну, если уж что и называть чудовищным бредом, так именно такие вот истории. Доценко не поверил ни одному слову. Четыре года безоблачной любви, и вдруг приходит какой-то Риттер с внешностью чуть лучше, чем у обезьяны, делает предложение, и прощай, Володя? Бывает, кто же спорит, но только девушка для такой истории должна быть совсем другой. Вот домработница Римма Ивановна что говорила Селуянову? Что Лариса своего мужа ни капельки не любила и вышла за него исключительно из корыстных соображений, чтобы он вкладывал в нее деньги и помог стать знаменитой. Могла разумная и расчетливая Лариса так поступить? Легко! Только зачем же матери песни петь, что счастлива в браке? А может, и вправду счастлива была Лариса замужем за Риттером? И все домыслы домработницы, основанные на изучении постельного белья, — не более чем домыслы, и сексуальная жизнь у этой пары была полноценной, разнообразной и богатой? Они любили друг друга без памяти... Говорят, брак по расчету может оказаться счастливым, если расчет сделан правильно. Но зачем же при такой идиллической картине Риттер и его мать называют Ларису наркоманкой, если она ею не была? Зачем называют ее легкомысленной доверчивой дурочкой, если на самом деле Лариса была прагматичной и расчетливой? Пытаются запутать следствие и заставить искать убийцу среди наркоманов и прочей сомнительной публики, чтобы отвести подозрение от себя? Или Светлана Евгеньевна смотрела на дочь уж слишком пристрастным и оттого необъективным взглядом?

А ведь Лариса еще была лесбиянкой, и это уже не домыслы. Анита Волкова видела Ларису с любовницей своими глазами, да еще в присутствии Риттера. И это уже не ложь, не выдумки, это точно было, потому что и Волкова, и Риттер рассказывают об этом совершенно одинаково, в их показаниях нет ни одного противоречия, ни одной несостыковки. Так бывает только тогда, когда рассказывают о реальном событии. Если события не было, а был только сговор и выдумка, концы никогда не сходятся.

Нет, все равно не получается, чтобы все оказались честными и хорошими. Кто-то все время врет, искажает факты, скрывает их, недоговаривает. Кто? Риттер? Его мать? Мать Ларисы? Домработница? Или все вместе?

* * *

К бывшему мужу Аниты Волковой отправился Селуянов. Он не совсем четко представлял себе, зачем нужна эта встреча, но Ольшанский дал полтора дня на то, чтобы собрать максимально возможный объем информации о семьях Риттера и Кабалкиной, и ни одного потенциального источника этой информации упускать было нельзя. В конце концов, дело может оказаться в какой-то давней истории, которой сто лет в обед, и если так, то муж Аниты Станиславовны, с которым она уже больше двадцати лет как разошлась, будет вовсе не бесполезным.

Но Коля, привыкший доверять своей интуиции, уже заранее знал, что ничего достойного внимания этот Волков ему не расскажет. И потому заранее жалел потерянное впустую время.

— Мы с Анитой вместе учились на одном курсе в МИФИ, а потом работали в одном институте, только в разных лабораториях.

Волков, невзрачный плешивый очкарик, вспоминал о бывшей жене без неприязни, при этом Селуянову почудилось даже что-то вроде жалости в его голосе. Кого он, интересно знать, жалеет — себя, брошенного когда-то, или ее, так и не вышедшую больше замуж? У самого Волкова семейная жизнь после развода с Анитой сложилась весьма успешно, второй брак оказался прочным и подарил ему двух сыновей, старший из которых уже заканчивал школу.

— Мне кажется, вы ей сочувствуете, — заметил Николай. — Почему? Она кажется вам несчастной?

— Как вам сказать... У меня такое впечатление, что она всю жизнь жила какой-то вынужденной жизнью. У нее никогда не было настоящей свободы. Вы меня понимаете?

— Нет, — откровенно заявил Селуянов.

Ну что ж поделать, он действительно не понимал. Вынужденная жизнь... Как это может быть?

— Постараюсь объяснить. Вы, вероятно, знаете, из какой Анита семьи? Ну, там, мама, папа...

— Я в курсе. Папа — художник, мама — актриса.

— Вы неточны, — Волков чуть заметно улыбнулся. — Папа — известный художник, а мама — известная актриса. Это очень важный нюанс, я бы сказал — определяющий. Мать Аниты вступила во второй брак, который все, в том числе и сама Анита, считали мезальянсом. После этого она больше не снималась. Никогда. И представьте себе, каково было Аните постоянно слышать: ой, ты дочка той самой Зои Риттер? А почему твоя мама больше не снимается? Что ей отвечать? Правду? Что мама, член партии, изменила папе, вышла замуж за автослесаря, растолстела, потеряла форму и подверглась остракизму со стороны киношной общественности? У Аниты язык не поворачивался давать подобные объяснения. Ей было стыдно за мать. И еще одно испытание: ой, ты дочка того самого Риттера? Ты не могла бы попросить отца достать билет или пропуск на выставку? Ты сама, наверное, уже ходила, ну как там? В те времена было много интересных выставок, вы, наверное, помните, то «Мону Лизу» привезут, то сокровища гробницы Тутанхамона, то мексиканцев. А Анита ни с какой просьбой не могла к отцу обратиться.

— Почему?

— Он с ней не общался. Как расстался с женой, так словно забыл, что у него есть дочь. Немедленно женился, очень скоро появился ребенок. Кажется, мальчик, впрочем, я точно не помню. Риттер одним махом отрезал от себя и бывшую жену, и дочь. Алименты по почте посылал. Короче говоря, с фамилией у Аниты были одни проблемы. Фамилия-то редкая, звучная. Была бы Иванова или Кузнецова, никто бы вопросов не задавал, а так... очень она, бедолага, страдала. А я очень ее любил и ничего не понимал.

— А что вы должны были понимать?

— Она вышла за меня замуж только для того, чтобы уйти из дома и сменить фамилию. Не знаю, как сейчас, а на тот момент она свою мать так и не простила и не хотела жить с ней, ее новым мужем и их общим ребенком. Но я любил ее безумно и ни о чем сомнительном тогда не думал. Мы поженились на третьем курсе. Она прожила со мной три года, потом сказала, что хочет развестись. Разумеется, мои родители разменяли нашу квартиру, все как полагается. Только после этого я начал прозревать. И в самом деле, кто такая Анита? Первая красавица на курсе, знает два языка, английский и испанский, танцует фламенко, чего никто из девчонок не умел, великолепно играет на гитаре и на саксофоне, без нее ни одно сборище не обходится, она всегда в центре внимания, она — объект обожания и восхищения. А кем был я? Внешность у меня невыдающаяся, танцевать вообще не умел, заводилой в компаниях не был, тихий книжный мальчик. Правда, отличник и один из самых способных на курсе, но в глазах девушек это обычно значения не имеет. Ну, еще папа-академик, поэтому жилплощадь большая. Для какой-нибудь девочки с периферии я, конечно, был бы достойным женихом, но для Аниты, коренной москвички, дочери таких родителей... Мне и в голову не приходило, что у нее мог быть расчет. Когда она обратила на меня внимание, я будто ослеп от счастья. Ну ничего, потом прозрел.

Он улыбнулся, и не было в этой улыбке ни обиды, ни горечи, только легкая насмешка над собственной юношеской доверчивостью.

— Значит, брак у Аниты Станиславовны был вынужденным, — подвел промежуточный итог Селуянов. — А еще что? Вы говорили про всю жизнь.

— Да... Потом диссертации, сначала кандидатская, за ней докторская. Из-под палки в буквальном смысле слова, только в роли палки выступала сама Анита. Она ведь очень слабый ученый, я это не из низких чувств говорю, просто так оно и есть, вы можете у любого специалиста спросить, он вам подтвердит. Она окончила школу с золотой медалью и только поэтому смогла поступить в МИФИ; если бы она сдавала экзамены на

А. Маринина

общих основаниях, она бы никогда не поступила, можете мне поверить. В любой науке можно быть талантом, можно — халтурщиком, а можно и добросовестным поденщиком. Вот Анита была как раз поденщиком. У нее от всего, что было связано с физикой, скулы сводило. Но она старалась изо всех сил.

— Зачем же она ею занималась? — изумился Селуянов. — Никто ведь не заставлял.

— Я же вам говорю: Анита сама для себя была палкой. Она сама себя заставляла. Я так и не понял, честно говоря, зачем. И ведь спрашивал ее много раз об этом, а она отвечала, что любит физику, что ей интересно, и не ее вина, что ей бог не дал настоящего таланта. Я видел, что она говорит неправду, но правды так и не узнал. Одно могу сказать совершенно точно: ее научная и профессиональная жизнь тоже была вынужденной. И в личной жизни у нее то же самое происходит.

— Вот здесь поподробнее, пожалуйста, — попросил Коля.

— Да какие могут быть подробности? — Волков пожал плечами. — Подробностей я как раз не знаю, только в общих чертах, поскольку мы много лет работали в одном институте, постоянно сталкивались. Видите ли, Николай, то, что Анита была корыстной невестой и бездарным, в общем-то, ученым, не отменяет других ее достоинств. Поймите меня правильно. Она действительно особенная, ни на кого не похожая, щедро одаренная от природы и внешней красотой, и разносторонними способностями. Анита уникальна. Я даже допускаю, что из всех сфер науки физика — это единственное, что ей не поддалось. Выбери она любую другую науку, любую другую профессию, она достигла бы в ней невероятных успехов. Какой мужчина мог ее заинтересовать по-настоящему? Так заинтересовать, чтобы влюбиться, захотеть жить с ним долгие годы, родить от него ребенка? Мне, честно говоря, трудно такого представить, по крайней мере, я такого не встречал. Но есть общественное мнение, есть досужие сплетни и общепринятое представление о том, как должно быть. У женщины должен быть мужчина, иначе она как бы неполноценная. Если ею никто не интересуется, значит, она совсем никуда не годится.

— Да, — усмехнулся Селуянов, — это знакомо.

— Ну вот, видите. За ней многие пытались ухаживать, и Анита периодически кого-то... скажем так, поощряла. Приближала к себе на несколько месяцев, потом отталкивала. Эти мужчины были ей не нужны, вернее, нужны, но исключительно для того, чтобы не слыть синим чулком. Чтобы не выглядеть белой вороной. Так продолжалось несколько лет, пока не появился этот киношник, каскадер. Вот на нем Анита и остановилась.

— Значит, все-таки нашелся мужчина, который сумел влюбить ее в себя?

— Да бог с вами, надо знать Аниту, чтобы все понимать так, как оно есть на самом деле! — рассмеялся Волков. — Вы помните, что было пятнадцать лет назад? Как мы жили в восемьдесят седьмом году?

Коля помнил. Даже очень хорошо. Многочасовые очереди за мясом, обувью и импортной косметикой. Главное слово в лексиконе — «достать». Вечная проблема сахара, который скупается на самогон. Жалкие ростки частного предпринимательства, выбрасывающего изголодавшемуся и износившемуся населению кустарные дерьмовые тряпочки, хотя бы своей яркой расцветкой выгодно отличающиеся от того, что можно купить в магазине. За границу можно поехать только по службе или если очень повезет и прорвешься сквозь профкомовско-парткомовско-райкомовский отбор. Фирменный кожаный — не из заменителя, а настоящий — пиджак был признаком допущенности к элите или хотя бы к источнику импортных товаров. Видеомагнитофоны — большая редкость, кассет в открытой продаже не было, их друг у друга переписывали. Короче, весело было жить.

— И представьте себе молодого красивого мужика, с ног до головы упакованного в такие шмотки, что глаза слепнут. Мужика, который постоянно выезжает за границу на протяжении примерно десяти лет, потому что всегда были какие-то совместные съемки то с чехами, то с немцами, то с кубинцами, а то и с французами. У нас ведь как было? В первый раз поехал в загранкомандировку, показал себя там с хорошей стороны, не напивался, шмотки для спекуляции не скупал, советский строй не хаял — все, ты в обойме, в следующий раз опять поедешь. Дал слабину — из обоймы выпал, больше не поедешь. Анитин дружок, видно, как попал в обойму, так из нее и не выпадал. Да и спортсмен он хороший, я думаю. И профессия такая... экзотическая, я бы сказал. Редкая профессия. С одной стороны, вроде бы кино, а это всегда притягательно, с другой стороны — риск, порой смертельный, с третьей — поездки за границу, это тоже определенного шарма прибавляет. У такой женщины, как Анита, мог быть только необыкновенный мужчина. Вот она себе такого и выбрала. Кстати, вы не знаете, они до сих пор вместе или расстались?

— Вместе, — кивнул Коля.

— Значит, привыкла, — констатировал Волков. — Сейчас-то шмотками и загранпоездками никого не удивишь, так что каскадер всю свою необыкновенность утратил.

Я, признаться, думал, что Анита его бросит и выберет себе что-нибудь более соответствующее. Я ее уже лет пять не видел, с тех пор, как лабораторию, где она работала, сократили. Мне говорили, она на какие-то курсы пошла, новую профессию освоила.

— Анита Станиславовна теперь на фирме работает, системным администратором, — проинформировал Селуянов. — Я вот о чем хотел вас спросить. Правильно ли я понял, что Анита Станиславовна очень обиделась на мать за то, что она променяла отца на слесаря, и на отца за то, что он променял ее саму на нового ребенка? Это действительно так?

— Это действительно было так. Я подчеркиваю: было. В тот период, когда мы с ней были вместе и когда нам было на двадцать и даже двадцать пять лет меньше, чем сейчас. Что происходит в наши дни, мне неизвестно.

— Да-да, конечно. Мы сейчас говорим о том, что было двадцать пять лет назад. Можно ли из этого сделать вывод, что сестру, которую родила ее мать, и брата, который родился у ее отца, она тоже не любила?

— Ни капельки, — без колебаний подтвердил Волков. — Анита не испытывала к ним ничего, кроме злости и ревности.

— Видите ли, после смерти отца Анита Станиславовна очень сблизилась и с братом, и с сестрой. Они теперь стали закадычными друзьями. И в семье матери она бывает регулярно, то есть вроде бы простила ее. Как вы можете это прокомментировать?

— Неужели? — Волков неподдельно удивился. — Как странно. Это на нее совсем не похоже. Впрочем, это не похоже на ту Аниту, которую я знал когда-то. С годами она могла стать мягче и мудрее. И даже наверняка стала. Но я могу дать вам и другую интерпретацию. Это примирение и воссоединение семьи — просто очередной вынужденный шаг. Вот в это я скорее поверю. Кем, вы сказали, она работает?

— Системным администратором.

— Прелестно! Достойное место для доктора наук! Вам это ни о чем не говорит?

— По-моему, вы несправедливы, — возразил Коля. — Ее же сократили, то есть выгнали с работы. Науку повсюду сокращали, и огромное количество докторов наук осталось без работы. Им ведь нужно на что-то жить. Им нужно где-то зарабатывать на кусок хлеба.

— Безусловно, — Волков энергично закивал головой, — вы правы от первого до последнего слова. Но Анита — это не тот случай. Ее сократили именно потому, что от нее не было в науке никакого толку. Лабораторию ликвидировали, и самым дельным сотрудникам тут же сделали предложения перейти в другие лаборатории или в

А. Маринина

другие учреждения нашего профиля. Толковые инженеры-физики всегда нарасхват, уверяю вас, по крайней мере, так было в нашем институте, про другие ничего сказать не могу. Аните никто ничего не предлагал, она никому не была нужна. И тот факт, что она вынуждена была получить новую профессию и теперь работает не по своей основной специальности, говорит только о том, что как инженер-физик она не состоялась. А теперь смотрите, какая получается цепочка. Сначала она была дочкой известных родителей и ее даже снимали в кино. Вы об этом знаете?

— Да, Анита Станиславовна рассказывала, у нее в комнате фотография висит...

— Знаю, — усмехнулся Волков, — в нашей с ней комнате когда-то эта фотография тоже висела. Так вот, ее сняли в маленькой роли, но больше сниматься не приглашали. То есть она уже видела себя актрисой, такой же известной, как мать, даже еще круче, но ничего не состоялось. Потом, вскоре после этого, родители скандально разводятся и тут же погружаются каждый в свою новую семью. Стало быть, как дочка известных родителей она тоже не состоялась. Вы слышали о таком психологическом приеме отрицания того, кто тебя отрицает?

— Нет. А что это?

— Это только название заумное, а на самом деле все просто, и каждый человек в своей жизни делает это неоднократно. Вас девушка бросила, но вы не страдаете у всех на глазах, а тут же начинаете ухлестывать за ее подружкой, чтобы изменница знала, что вы ее тоже отвергли, а не только она вас.

— Ах, это, — заулыбался Коля. — Ну конечно, прием знакомый.

— Так вот, что делает Анита? Идет именно этим путем. Вы меня отвергли как актрису? А я вообще кино не люблю, и актрисой быть никогда не хотела, и не нужно мне это ваше важнейшее из всех искусств, я вообще по другой части. Я теперь физику буду любить. Или химию, биологию, историю. Значения не имеет. Идея понятна?

— Еще бы. Вы так объясняете, что даже ребенок поймет.

— Спасибо, Николай, — Волков с благодарностью кивнул, — это во мне преподаватель проснулся, все-таки столько лет лекции читаю. Идем дальше. Я перестала быть дочерью Риттеров? А я вообще буду теперь не дочь, а жена, и фамилия у меня будет вовсе даже Волкова. И к вам ко всем я не имею никакого отношения.

— А Анита Станиславовна говорила, что никогда не хотела быть актрисой, — задумчиво заметил Коля. — Может, вы ошибаетесь?

— Может быть, может быть, — легко согласился Волков. — Я просто делаю некоторые допущения, чтобы выстроить цепочку. Потому что если сделать это допущение, то воссоединение семьи легко объясняется. А без этого допущения ничего не выходит.

— Все равно я не понимаю, — уныло признался Николай.

— Да что ж тут понимать, голубчик вы мой? Аниту сократили, ее никуда не позвали работать, тем самым дали ей ясно понять, что как ученый, как инженер-физик она тоже не состоялась. И две диссертации, которые она считала символом своей научной состоятельности, ей не помогли. Время другое настало, теперь ценятся мозги, а не бумажки. Какой шаг в этой ситуации был бы логичным?

— Отвергнуть научную состоятельность как жизненную ценность? — робко предположил Селуянов.

— Умничка! — Волков радостно потер руки. — Или вы умничка, или я хороший преподаватель.

— Лучше бы и то, и другое.

— Согласен, пусть будет и то, и другое. А что можно противопоставить научной состоятельности?

— Не знаю... — растерялся Коля.

— Ну вы подумайте, подумайте! Вы же такой толковый!

Вот елки-палки! Пришел поговорить со свидетелем, а попал на семинар типа экзамена. Но Волков-то, Волков-то каков, а? Эк завелся! Просто вспоминать про первую жену ему было явно скучно, а как дело до логики дошло, как начал цепочки выстраивать, так глаза загорелись, и вроде даже ростом выше стал, плечи расправились. Эх, Каменскую бы сюда, она бы с ним общий язык быстро нашла, тоже любит цепочки выплетать. Жаль, что она болеет.

Итак, что же можно противопоставить научной состоятельности? Ответ должен быть совсем простым и лежащим на поверхности.

— Обычно говорят: или работа, или семья, — неуверенно произнес Селуянов.

— Дважды умничка! Вот вы сами и ответили на свой вопрос. Я со всеми помирюсь, я всех подружу, я стану центром семьи, и пусть меня отвергла наука, зато во мне души не будет чаять моя родня. Видите, как все просто. И между прочим, это очередной вынужденный шаг в жизни Аниты. Продуманный, может быть, на уровне подсознания. Она и сама не знает, зачем занялась воссоединением семьи, уверяю вас. И если вы спросите ее, почему она вышла за меня замуж или почему из всех мужчин выделила того каскадера, она вам скажет, что влюбилась. Я не хочу сказать, что все свои вынужденные шаги Анита делала сознательно и расчетливо. Все эти расчеты у нее происходят на уровне подкорки, которую человек не контролирует.

— Вы думаете, все было именно так?

— Не знаю, — развел руками Волков. — Я предлагаю вам вариант или, как у вас в милиции говорят, версию, которая все объясняет. Но если у вас есть другая версия, я готов ее обсудить. По вашему лицу я вижу, что вас что-то не устраивает.

— Не то чтобы не устраивает... — Коля помялся. — Просто я не совсем понимаю, как это... Ну вот вы говорите, что она обиделась на мать, что не нашла контакта с отчимом, что злилась на сестру и брата. То есть она их всех в той или иной степени не любила. А теперь что же выходит, полюбила, что ли?

— Заставила себя полюбить. И это тоже вынужденный шаг. Не зря же я вам говорил, что вся жизнь Аниты какая-то вынужденная. Вымученная. Я не могу это объяснить. Я так чувствую. И знаете еще что, Николай... Анита — сложная фигура, неоднозначная, по-своему несчастная. Я, в общем, человек неглупый и в людях немножко разбираюсь. И я всегда чувствовал, что в Аните есть какой-то стержень, который я никак не могу ухватить, что ли, выделить, вычленить... Я чувствовал, что есть что-то в ней, чего я не знаю, но если я узнаю, что это такое, то я пойму про нее все. И вот пока мы тут с вами разговаривали, до меня вдруг дошло: физика.

— Что — физика? — не понял Селуянов.

— Есть множество наук, которые можно

противопоставить искусству. Анита выбрала инженерно-физический институт. Не химико-технологический, не юридический, не стали и сплавов, не нефти и газа, а именно инженерно-физический. Почему? Я долгое время думал, что это обычное расхожее противопоставление лириков и физиков, у которого она пошла на поводу. Но нет, тут что-то другое. Если вы поймете, почему она выбрала именно этот институт, вы поймете про Аниту очень многое. Может быть, даже все.

* * *

О смерти подруги Елена Завьялова уже знала, она накануне звонила Ларисе домой, и свекровь сообщила ей страшное известие.

— Мы собирались сегодня встретиться, — дрожащим голосом говорила Елена, миниатюрная брюнетка в обтягивающем белоснежном до синевы халатике. Доценко нашел ее на работе в больнице. — Она мне звонила в начале недели, мы условились в пятницу созвониться, уточнить время. А Нина Максимовна сказала...

Крупная прозрачная слеза быстро скатилась по щеке и спряталась под подбородком.

— Когда Лариса вам звонила, в какой день?

— Во вторник.

— Когда?

— Вечером уже, часов в девять. Ну да, правильно, я во вторник работала до восьми, а она мне домой звонила, значит, я уже пришла.

— Какое у нее было настроение?

— Ровное, как обычно. Ларка вообще очень спокойная была, редко из себя выходила.

— Сколько времени вы с ней не виделись?

— Месяца два, наверное.

— Что ж так редко встречались? — удивился Михаил. — А мне сказали, что вы задушевные подружки.

— У меня работа сменная, а еще подработки, индивидуальный пост, сижу с больными круглосуточно за отдельную плату, на сестринскую зарплату не проживешь, сами понимаете. Но мы все время перезванивались, разговаривали подолгу. Обычно она сама звонила, когда оставалась в мастерской ночевать.

— Вот даже как?

Уже теплее, уже что-то... Почему Лариса не звонила из дома, из квартиры Риттеров?

— Ну а что удивительного? Когда две подруги разговаривают, ни муж, ни свекровь совершенно не нужны. Они мешают.

В общем-то верно. Ничего подозрительного. Между прочим, а не эта ли брюнетка была в одной постели с Ларисой, когда неожиданно нагрянули Риттер и его сестрица? А что? Плодотворная мысль. Подружка-лесбиянка. Как бы это проверить, чтобы никого не обидеть?

— Лена, а вы сами замужем?

— Да. А что?

— Ничего, просто спросил. Давно?

— Не очень, меньше года.

— Ваш муж знаком с Ларисой?

— Конечно. Она и на свадьбе у нас была, и в гости к нам приезжала. И сегодня должна была... мы собирались...

Лена тихонько заплакала, но быстро взяла себя в руки.

— А сами вы в гостях у Ларисы бывали?

— Да, в мастерской.

— А дома? Я имею в виду не тот дом, где она с мамой жила, а дом Риттеров.

— Нет, там не была. Все равно поговорить не дадут. Мы с ней в мастерской любили посидеть, кофе попить, вина какого-нибудь легонького, потрепаться.

— Одновременно с вами у Ларисы бывал кто-нибудь? Ну там подружка или приятель?

— Нет. Мы всегда вдвоем были.

Опять двадцать пять. И с матерью-то она только вдвоем, и с подружкой вдвоем. Никаких зацепок, никаких выходов на новых людей.

— Лариса в последнее время не жаловалась вам, что ей кто-то угрожает? Может быть, она стала нервной, беспокойной?

— Угрожает? — переспросила Лена. — Нет, ничего такого. И нервной она не стала.

— Может быть, что-нибудь странное происходило. Вспомните, Лена.

— Странное... Ну я не знаю, если только это...

— Что? — мгновенно сделал стойку Доценко.

— Ей какая-то женщина все время звонила.

— Какая женщина?

— Да откуда же мне знать? Ларка сама не знала. Придет домой, а свекровь говорит, мол, тебе женский голос звонил, не представился и ничего передавать не просил.

Ну-у-у, а он-то размечтался... Подумаешь, позвонил кто-то и не представился. Такое каждый день бывает.

— Это всего один раз было? — безнадежно спросил он.

— Да в том-то и дело, что нет. Полгода примерно эта женщина ей названивала, и всегда именно тогда, когда Ларки дома нет. Ни разу Ларисе не удалось с ней поговорить. Причем свекровь, Нина Максимовна, уверяла, что это не одна и та же женщина, а разные. Якобы она голоса хорошо запоминает, голос был точно не один и тот же.

— И Лариса даже предположить не могла, кто ей звонил?

— Мы с ней всех перебрали. Всем старым подружкам позвонили, даже тем, с которыми сто лет не виделись, всем знакомым — не они. Целый вечер, помню, сидели в мастерской и по телефону названивали. Так и не выяснили.

Вот это уже предмет для разговора. Только с кем? Не с Леной Завьяловой, это точно. Говорить об этом надо с Ниной Максимовной, которая подходила к телефону. И с Риттером, может быть, он тоже имел счастье слышать неизвестную даму. Или эти звонки — такая же выдумка сынка и маменьки, как Ларисина наркомания?

Кстати, о наркотиках. Лена-то у нас в больнице работает, вот мы у нее и спросим.

— Знаете, Лена, что мне сказал Валерий Риттер? Что Лариса была наркоманкой.

— Что? — Слезы, уже готовые было пролиться, высохли, в глазах засветилось изумление. — Ларка — наркоманка? Да с чего он это взял?

— Он неоднократно находил у нее упаковки от сильнодействующих лекарств, — соврал Доценко.

Ну, не очень-то и соврал на самом деле. Пусть упаковки находила домработница, а не муж, но ведь они же были, упаковки эти.

— Ах, это... — Лена скупо улыбнулась. — Это я ей давала.

— Вы?

Вот теперь уже Доценко долго не мог закрыть рот от изумления.

— Зачем, Лена? Зачем ей пустые упаковки?

— Она хотела картину сделать... Такую, знаете, необычную, не красками, а всю из упаковок. Что-то агитирующее против наркомании. В Германии в следующем году будет проходить международная выставка «Художники против наркотиков», или что-то в этом роде, она хотела к выставке сделать работу. Ей нужны были упаковки именно от наркотических препаратов. Пустые. Это не нарушение, я у зав отделением спрашивала и у старшей сестры, они разрешили.

Вот тебе, бабушка, и Юрьев день. Только спрашивается в задачке, если Лариса Риттер собирала пустые упаковки, чтобы создать произведение искусства, то где они? Произведения пока нет. Но и упаковок нет, по крайней мере, при обыске дома и в мастерской их не обнаружили. Ну и как все это понимать?

ГЛАВА 14

К бывшему жениху Ларисы Риттер Доценко не рискнул ехать в одиночестве. По словам и матери Ларисы, и ее подруги Лены Завьяловой, Владимир Харченко был сотрудником милиции и даже занимал какой-то там пост чуть ли не в главке. Михаил после встречи с Завьяловой вернулся на работу, установил все данные на Харченко, долго чесал репу и позвал на подмогу Селуянова. Конечно, по уму-то надо было бы через руководство действовать, как-никак коллега, но время, время, время... Его не хватало. Его просто не было. Заканчивалась суббота, а в воскресенье к вечеру Ольшанский спросит, что сделано. Меньше суток осталось.

— Да ладно тебе, мы же его ни в чем не подозреваем, нам бы только характеристику Ларисы поподробнее составить, — успокоил его многоопытный Николай, который к инструкциям и негласным порядкам относился более чем пренебрежительно. — Заодно и о Риттере поспрашиваем, может, Лариса что-нибудь эдакое рассказывала. Нам ведь что велено? Семейные тайны и старые истории раскапывать. С бывшим женихом поговорить — святое дело. Просто как с мужиком. Адресок есть?

— И адрес, и телефон.

— Ты ему уже звонил, о встрече договаривался?

— Нет пока, с тобой вот советуюсь.

— Ну и не звони. Сейчас подъедем тихонечко, поглядим, что там и как, а если его дома нет, тогда подумаем, как лучше поступить. Где он живет-то, твой Харчен-ко?

— В районе «Новослободской».

— От конторы рукой подать, пешком дойдешь, пока я доеду. Где встречаемся?

— Он на Краснопролетарской живет.

— А в каком доме?

Доценко назвал полный адрес.

— Не хило, — тут же прокомментировал Селуянов, знающий Москву, как свою квартиру, и помнящий месторасположение почти всех элитных домов. — Все бы менты так жили — горя бы не знали. Но охраны там нет, это точно. Давай встретимся на углу Краснопролетарской и Садового кольца, я там буду через полчаса.

Ровно через полчаса Николай подъехал к условленному месту.

— Ну как, много народу успел окучить за субботний день? — спросил он Мишу, поеживающегося на ветру в пижонской легкой курточке.

— Двоих. Мать Ларисы Риттер и подружку. А ты?

— Тоже двоих. Полдня провел в обществе Зои Петровны Кабалкиной. Уж если копать, так от сотворения мира. Потом еще к бывшему мужу Волковой смотался, про Аниту Станиславовну с ним погутарил.

— И что получилось? — поинтересовался Доценко.

— Что мадам Волкова глупая и несчастная, но строит из себя умную и счастливую. Вот так примерно. Ничего интересного.

— А у Кабалкиной?

— Там еще хуже. Но с Любочкой что-то мне не до конца ясно. Помнишь, Сережка Зарубин говорил, что ее любовник бросил? Так вот, этот любовник у нас немец.

— Германия, Австрия, Швейцария?

— Понятия не имею, и Зоя Петровна не знает.

— Откуда же известно, что он немец?

— А Зоя Петровна слышала, как Люба с ним по-немецки разговаривала. Ушла, понимаешь ли, в ванную, заперлась там, чтобы никто не слышал, и щебетала, щебетала... А через пару дней впала в глубокое горе, из которого так до сих пор и не вышла. И знаешь, что странно?

— Скажешь — узнаю, — Доценко снова поежился на пронизывающем ветру. — Только давай шаг прибавим, а то я окоченел совсем.

Они пошли быстрее.

— Так вот, Люба всю жизнь матери доверяла и про все свои любовные истории ей рассказывала. Ничего не скрывала. А про этого немца Зоя Петровна ничего не знает, ну просто ничегошеньки. Кроме того, что он немец. Вот я и подумал, что, может быть, тут не любовная история, а деловая. С этим немцем она крутила какую-то финансовую аферу, а теперь он ее или кинул и оставил

А. Маринина

без денег, или подставил, и ей грозит разоблачение. Вот потому она так и нервничает.

— Зачем же она Зарубину плела, что у нее любовник пропал?

— Ой, наивный ты, Мишка, хоть и женатый! — фыркнул Селуянов. — Он же действительно пропал, немец этот, понимаешь? Она его найти не может, и не понимает, в чем дело, и от этого психует. Ей нужен был квалифицированный милицейский совет, что в таких случаях делать, как искать человека, чтобы не задействовать официальные каналы. Вот она и придумала, что это был любовник. Понял? И психолог Аничкова могла каким-то боком к этой истории прикоснуться. Может быть, видела что-то или слышала случайно. В общем, надо Любочкиного кавалера устанавливать и искать.

Доценко собрался было задать сакраментальный вопрос: «Как искать?», но внезапно остановился. Метрах в пятидесяти от дома, в который они направлялись, он заметил машину, возле которой стояли двое. Одного из них он помнил очень хорошо, совсем недавно разговаривал с ним, всего несколько дней назад, когда устанавливал его алиби на момент убийства актрисы Халиповой. Парень из группировки Руслана Багаева, кличка Самсон. Второго Михаил прежде не встречал, но внешность и повадка у него были не вызывающие никаких сомнений: такого же полета птичка. Оба в свободных темных брюках и коричневых коротких куртках с поднятыми воротниками, оба слегка небриты и примерно одного роста. Ну прямо близнецы-братья. Различие только в том, что у Самсона длинные волосы, забранные на затылке в куцый хвостик, а его напарник коротко острижен.

— Ну-ка погоди, — он придержал Селуянова за рукав. — Чего это тут багаевский шустрик толчется?

— Который? — насторожился Коля.

— Вон тот. Второго не знаю, а этот, с хвостиком, Самсон, мы его на причастность к убийству Халиповой проверяли. Слушай, может, Каменская права и между делом актрисы и Ларисой Риттер есть какая-то связь, а? Может, не будем торопиться с Харченко?

— Каменская, скорее всего, не права, — авторитетно заявил Николай, — но торопиться не нужно, это верно. Пошли, поговорим с ребятами. Харченко никуда не денется, к нему мы всегда успеем.

Сделав веселые лица и придав походке вальяжную расслабленность, они подошли к машине, возле которой стояла странная парочка.

— Здорово, Самсон. — Лицо Доценко излучало доброжелательность и радость по поводу неожиданной встречи. — Помнишь меня?

— А то, — коротко цыкнул Самсон.

Его лицо, напротив, никакой радости не выражало.

— По какой теме гуляем в районе Петровки?

— Где Петровка, а где мы, — немногословно, но вполне резонно ответил второй, стриженый.

— Ну не скажи, не так уж далеко, рядом совсем, — продолжал Миша. — Так все-таки, Самсон, чего ты тут выжидаешь, а?

— А тебе не все равно, начальник? Я просто стою, никого не трогаю, актрису твою я не убивал, ты это уже выяснил. Чего надо-то?

— Да ты понимаешь, — тягуче вступил в разговор Селуянов, рисуя крайнюю озабоченность и озадаченность, — актрису-то ты, может, и не убивал, но вот то, что ты тут стоишь и никого не трогаешь, мне не очень нравится.

— Это еще почему?

— Да ты понимаешь, в этом доме живет подозреваемый. Мы вот тут думали, может, это он актрису... того... А может, и не он. Шли вот и сомневались. А тут ты стоишь. И все сомнения разом пропали. Нехорошо, Самсон, некрасиво получается.

— Брось, начальник. — Самсон говорил по-прежнему лениво и неспешно, но в глазах заплескалось беспокойство. — Не в тему говоришь. Актрису никто из наших не трогал, вы ж сами проверяли.

— Да ты понимаешь, — снова затянул свою волынку Селуянов, — мы вот тоже думали, что он как следует все проверил, а оказалось, плохо он проверял. Много чего осталось невыясненным. Ему даже выговор за это объявили.

Он кинул на Доценко строгий взгляд придирчивого начальника, Миша тут же, как положено, отыграл смущение и некоторую даже виноватость.

— Короче, Самсон, ты нам сейчас быстро рассказываешь, кого вы тут караулите. Если это не имеет отношения к актрисе, мы уходим, а вы продолжаете стоять. А если не рассказываешь, то мы все дружно возьмемся за руки и потопаем на Петровку, тут недалеко. Машину твою здесь оставим, закрывать ее не будем, сигнализацию тоже включать погодим, а как на Петровку придем, тут же Гоге шепнем, что на Краснопролетарской тачка стоит, такая недешевая. Долго ты ее потом искать будешь.

Под Гогой ходили все угонщики, «работающие» в районе Садового кольца, и были они, с одной стороны, умельцами неслыханными, с другой — такими же неслыханными беспредельщиками, изымающими автомобили невзирая на лица, то есть у всех подряд, включая всенародно любимых артистов и криминальных авторитетов. Лишь бы модель и цвет подходили.

Самсон думал так же медленно, как и говорил. От напряжения морщины на лбу шевелились, и в такт этому шевелению хлопали короткие густые ресницы. Его стриженый напарник стоял с отсутствующим видом и ни о чем не думал, из чего оперативники сделали вывод, что главным в этом тандеме является именно Самсон, ему и решение принимать.

— Позвонить надо, — наконец выронил Самсон из плотно сжатых губ.

— Валяй, — разрешил Селуянов. — Только чтобы я слышал.

— А не перебьешься?

— Не перебьюсь, — заверил его Коля. — Вот как бог свят, не перебьюсь. Я все понимаю, ты человек подневольный, тебе разрешение на разговор надо получить. Я к этому отношусь с уважением. Звони. Но я должен слышать, что ты будешь говорить. Я ведь тоже человек подневольный, у тебя — понятия, у меня — инструкции. По-моему, это справедливо.

Самсон, что очевидно, такой точки зрения не разделял, представления о справедливости у него были несколько иные. И не мог он позволить себе звонить Руслану прямо перед носом у мента. Но и ослушаться внаглую не посмел. Посему выбрал компромиссный вариант, отошел на три шага и повернулся к сыщикам спиной. Так ему было спокойнее.

Судя по всему, разрешение на разговор он получил, потому что, когда прятал в карман мобильник, морщины на лбу уже не шевелились.

— Короче, так, — начал он. — Тут один мужик деньги задолжал, ему срок дали, чтоб вернул. Он пока не вернул, еще отсрочку попросил. Мы контролируем, чтоб не сбежал.

— Хорошо спел, — похвалил Селуянов. — Теперь давай все то же самое, но позабористее. С фамилиями и подробностями. Что за мужик, как зовут, кому задолжал, сколько.

— Ну ты настырный, — вздохнул Самсон. — Ладно, Руслан разрешил, тема не наша, мы только контролируем. В общем, этот мужик продал одной газете компру на одну фирму, газета схавала и деньги ему за это заплатила. А потом оказалось, что фирма чиста, как святая после клизмы, и вся эта компра оказалась крутой липой. Фирма газете претензию предъявила, типа семьсот тысяч сразу или три лимона по суду. Газета сказала, что заплатит семьсот, а мужику этому велели деньги возместить, раз виноват и непроверенную информацию слил. К актрисе никакого отношения.

— Да ты понимаешь, Самсон, — опять занял Селуянов, — я бы с тобой согласился, если бы ты мне имена называл. А ты что-то темнишь. Мужик какой-то, одна газета, одна фирма... Так дела не делают. У меня в этом доме подозреваемый проживает, у него, между прочим, фамилия есть, а у твоей овцы, которую ты пасешь, она есть? Так вот я должен точно знать, что это не одна и та же фамилия, иначе опять про актрису начну думать.

— Ну достал... Харченко его фамилия. Владимир Харченко, в сорок второй квартире живет. Все, доволен?

— А газета как называется?

— «Вестник бизнеса».

— А фирма, которую они опустили?

— «Практис-Плюс». Ну что, все?

— Да куда там все, ты что, дружище Самсон! — засмеялся Селуянов. — Ты мне еще скажи, каким боком Руслан к этому делу привалился. Он что, газету крышует?

— Нет, газета под Гамзатом, — Самсон кивнул в сторону молчаливого напарника, — вот это Довлат, его человек.

— А фирма под кем?

— Под Дроновым, — нехотя выдавил Самсон.

— Оп-паньки! И что ж ты мне, друг ситный, поешь, что к актрисе это не имеет никакого отношения? Нехорошо, некрасиво.

— Ну начальник, ну хлебом клянусь! То, что актриса была бабой Дронова, это одно, а фирма — это совсем другое. Газете надо, чтоб ей деньги вернули, а фирме это по фигу, ей без разницы, ей уже заплатили. Гамзат с Русланом договорились. Ну, типа, чтоб Руслан помог, вроде они оба гаранты сделки.

— Какой сделки?

— Ну не сделки, а договора, что если газета выплатит семьсот тысяч, то фирма не будет шум поднимать, на газету наезжать и в суд обращаться с иском на три лимона. Потому мы тут вместе и торчим, один человек от Гамзата, один — от Руслана.

Доценко надоело стоять молча и изображать провинившегося подчиненного. Он страшно замерз, и ему захотелось поговорить. Может, согреется.

— Николай Александрович, похоже, Самсон правду говорит, — робко произнес он. — Но надо бы проверить.

— Проверим, — зловеще пообещал Селуянов. — Вот прямо сейчас и проверим. Кто на фирме главный? Кого можешь назвать, Самсон?

— Чуйков Игорь Васильевич, он главный. У него спросите, он все подтвердит.

— Спросим, не волнуйся. Еще кого знаешь?

— Еще Ахалая, Олег. Отчества не знаю.

— Это кто ж будет?

— Заместитель Чуйкова. Все, начальник, теперь точно все. Больше ничего не знаю.

— А телефончик Чуйкова?

— Не, это не ко мне. Фирма под Дроновым, а не под Русланом, мы так, помогаем только, услуги оказываем.

— А газета подтвердит? — снова вступил Доценко. — Или только фирма? Ты ж пойми, Самсон, нам твои слова проверить надо. Кто может подтвердить?

Насчет газеты Самсон ничего определенного сказать не мог и обратил вопрошающий взгляд на неподвижно стоящего напарника по имени Довлат.

— Довлат, чего молчишь? По газете — это к тебе вопрос.

Довлат молча достал из кармана визитную карточку владельца газеты и протянул Селуянову, очевидно, признав в нем главного. Селуянов спрятал карточку и строго взглянул на Самсона и Довлата.

— Ну смотрите, я все проверю, больно часто мне этот ваш Дронов стал попадаться. Нехорошо, некрасиво. Если что не так окажется, я вас найду. Вы же понимаете, что найду?

Те дружно и совершенно одинаково усмехнулись.

* * *

Разумеется, к Харченко они не пошли. Вернулись к машине Селуянова, и Николай сразу же включил печку, чтобы отогреть продрогшего Доценко, у которого уже зуб на зуб не попадал. У Коли куртка была дешевая и немодная, зато практичная и теплая, в ней можно было не бояться ни ветра, ни дождя, ни холода.

— Как же это Харченко так попал, — вслух рассуждал Николай, и непонятно было, то ли он сочувствует коллеге, то ли всерьез интересуется, как такое могло случиться.

— Да зарвался он, вот и все дела, — сердито пробурчал Миша, протягивая озябшие руки к источнику теплого воздуха. — Видел, в каком доме живет? На какие, позволь спросить, бабки он там квартиру купил? Небось поставил торговлю оперативной информацией на поток, десять процентов в производство пускает, а девяносто газетам продает. И не проверяет ни хрена, расслабился.

— Тормози, Миша, тормози. Чего ты завелся? Может, квартира на деньги жены куплена.

— Ох, наивный же ты, Колька, хоть и второй раз женат, — поддел его Михаил, процитировав недавно произнесенную фразу самого Селуянова. — Если у женщины есть такие бабки, то за каким чертом ей сдался нищий мент? Она себе получше мужа найдет. Твоя Валюшка вон в паспортной службе работает, моя Ирка вообще безра-

А. Маринина

224

ботная, а у Харченко, выходит, принцесса шотландская, что ли?

— Нельзя быть таким циничным, — Коля изобразил учительскую строгость. — А если это любовь? Теперь смотри, что получается. У Харченко безвыходное положение, ему срочно нужны бабки, причем большие. Где он может их взять?

— У жены попросить, — ехидно подсказал Доценко. — Ты же уверен, что у него жена богатая.

— Значит, не такая уж богатая, раз не попросил. Еще у кого?

— Ты на Ларису намекаешь? Думаешь, он вспомнил, что его столетней давности невеста теперь замужем за миллионером, и решил обратиться к ней за помощью?

— Ну, например, — неопределенно ответил Николай. — А что, чем плохая версия?

— Не по-мужски это, Коля. Ты сам подумай. Позвонить женщине, которая почти три года назад тебя бросила ради богатого мужика, растоптала твою любовь и на помойку выбросила? И не просто позвонить с вопросом, мол, как дела, а денег у нее попросить. Причем попросить просто так, в подарок, а не в долг, потому как отдавать не с чего. Ты можешь себе это представить?

— Не могу, — согласился Селуянов. — Но я могу представить другое. Он звонит ей в минуту отчаяния и рассказывает, как попал на бабки. Лариса, испытывая чувство вины за предательство, сама предлагает свою помощь. Сама, понимаешь?

— Да откуда у нее такая сумма? Ты что, Коля, окстись. Такие деньги надо со счета в банке снимать, а не из кармана вытаскивать. И потом, если бы у нее были такие бабки, муж об этом сказал бы. Мол, попросила или из домашнего сейфа украла.

— А если цацками? — предложил вариант Селуянов. — Муж делал Ларисе подарки, наверняка очень дорогие, особенно в период женитьбы. У нее вполне могут быть золото-платина-бриллианты на такую сумму.

— Это может быть, — оживился Миша. — Это идея. У нее есть цацки, и она предлагает Харченко их взять. Как быть с мужем, она потом придумает. К примеру, скажет, что унесла их в мастерскую для какой-то там надобности, а из мастерской их украли. Кражу инсценирует, это не вопрос. А что, Коляныч, гляди, как все сходится!

— Сходится. Лариса приносит побрякушки в мастерскую, чтобы отдать Харченко. И где они?

— Их взял убийца, Коля. Кто-то узнал, что она принесла в мастерскую большие ценности, пришел раньше Харченко, убил ее и все забрал.

— То есть ты уверен, что убийца — это не сам Харченко?

— Не знаю. Но ему-то зачем ее убивать? Где мотив?

— Чтобы долг не отдавать.

— Коля, не забывай, Харченко — наш коллега, он такой же мент, как мы с тобой. Он прекрасно понимает, что с цацками он запалится в первый же день. Убийство будет громкое, опись ювелирных изделий муж наверняка предоставит, Харченко нигде их продать не сможет. А если газета у него долг примет натурой, то после убийства и после первых же сообщений в прессе, где будут упомянуты ценности, ему эти цацки в морду швырнут и потребуют зеленые американские бумажки. Там тоже не дураки сидят. Тем паче их крышует Гамзат, а с ним шутить опасно, это все знают.

— Ладно, убедил, — Селуянов с наслаждением закурил, отодвинул сиденье и вытянул ноги. — Значит, кто-то должен был узнать про то, что Лариса принесла бриллианты в мастерскую. И еще этот «кто-то» должен был примерно знать, когда за ними придет Харченко. Он же не мог опоздать и явиться к месту преступления, когда там уже ничего ценного не останется. Давай думать, кто бы это мог быть.

— Давай думать, — согласился Доценко без энтузиазма.

Этот день был для него таким длинным... Кажется, трехчасовое ожидание в аэропорту было не сегодня, а на прошлой неделе. А день еще не закончился, и он собирался успеть поставить новые краны в новой квартире. Наверное, не успеет.

— Слушай, — он внезапно повернулся к Николаю, — ты не помнишь, за какое число была газета, в которой опубликован фальшивый материал против той фирмы? «Практис-Плюс», кажется.

— Не только не помню, а просто-таки не знаю, я его не читал. Я вообще эту газету не читаю. Но ты прав, материал надо бы найти. Важно посмотреть, кто его написал. Мы с тобой, Мишаня, не будем идти трудными путями, поищем, где полегче.

Селуянов быстро набрал номер телефона Каменской.

— Привет хромым от голодных и усталых, — весело поприветствовал он ее. — Хочешь оказать неоценимую помощь друзьям? Там у тебя компьютер есть, он к Интернету подключен? Отлично. Мне нужно, чтобы ты нашла сайт газеты «Вестник бизнеса» и посмотрела, кто и что написал про фирму «Практис-Плюс». Запомнила? Ну молодец. Значит, так, публикация была недавно, в пределах месяца, я думаю. Посмотри, кто ее подписал, и потом погляди за предыдущий период, примерно за год, что еще написал этот же автор. И про кого. Задача ясна? Целую страстно, твой Селуянов. Ближе к ночи позвоню еще.

— Ну ты нахал, — протянул Доценко, и непонятно, чего больше было в его голосе — восхищения или укора.

* * *

Просьба Селуянова показалась Насте вполне посильной, но совершенно непонятной. Наверное, ребята нарыли какую-то новую информацию, и, если судить по ее деловой направленности, это имеет отношение к Валерию Риттеру. Да, что и говорить, он и его матушка — фигуры более чем странные, и вполне понятно, что оперативники ищут возможные пути, на которых им попадется хоть что-то, проливающее свет на владельца крупной консалтинговой фирмы. Жаль, что Коля ничего не объяснил, тогда Настины поиски могли бы стать более осмысленными и целенаправленными, но что поделать, раз не объяснил — значит, не мог. Может быть, торопился. Или говорил в чьем-то присутствии.

Правда, у нее на этот вечер были несколько иные планы... С утра приехал Чистяков, они так славно погуляли, Настя продержалась почти час и ужасно гордилась своими достижениями. Потом, как ей и мечталось, долго сидели обнявшись перед зажженным камином и разговаривали о «законе трех отрицаний» и о загадочной связи болей в ноге с психологическими проблемами. Вопреки ожиданиям Алексей не смеялся над женой, слушал ее внимательно, потом сказал:

— Асенька, я ничего в этом не понимаю, я никогда про это не слышал. Но если эта штука работает, то, наверное, в ней что-то есть. А то, что она работает, для меня совершенно очевидно, я и своими глазами вижу, и доктор вчера подтвердил.

И принялся вместе с Настей старательно вспоминать случаи из своих и чужих биографий, которые могли бы проиллюстрировать правило «не делай, не говори и не думай ничего, о чем тебя не просят». Иногда выходило забавно, а иногда пугающе неожиданно и правдоподобно.

Они увлеклись этим занятием и не прерывали его даже тогда, когда Чистяков взялся за приготовление обеда.

— Мы кого-нибудь ждем? — спросил он. — Я имею в виду гостей.

— Вроде нет, — ответила Настя. — Если только филолог наш подгребет, когда изголодается на подмосковных дорогах.

— А из твоих ребят никто не нагрянет?

— Нет, они сегодня и завтра в поте лица трудятся, им Ольшанский такие сроки установил, что вздохнуть некогда.

— Ладно, тогда готовлю на троих, — принял решение Леша.

Решение оказалось правильным, потому что филолог-автолюбитель действительно явился. Как и следовало ожидать, он опять долго стеснялся и отказывался от обеда, но в конце концов дал себя уговорить и сел к столу. Закончив с трапезой, он заявил, что не хочет надоедать своим присутствием, и если Настя согласится ответить еще на несколько вопросов, он их задаст, запишет ответы и тут же уедет. Настя не возражала.

Самарин достал толстую тетрадку, в которой несколько листов уже оказались исписаны.

— Я записал то, что вы мне вчера рассказывали, — смущаясь, пояснил он. — Наверное, напутал что-нибудь или переврал. Вы не посмотрите?

Смотреть ей не хотелось. Если бы текст был отпечатан, Настя, разумеется, предпочла бы прочесть, но ковыряться в чужом почерке — нет уж, увольте.

— Вы мне вслух прочитайте, — попросила она. — Вы свой почерк лучше знаете.

Борясь с сытой одурью, Настя прилегла на диван, укрылась пледом, усадила Самарина в кресло и стала слушать. Он ничего не переврал, все понял и записал кратко и толково. Что ж, очень возможно, что у него получится написать приличный детектив. Мозги у него, во всяком случае, устроены вполне нормально.

Валентин приступил к своим вопросам, и постепенно Настя втянулась в процесс, давала подробные объяснения, вспоминала разные занятные случаи или сложные ситуации. Закончив послеобеденную уборку на кухне, Чистяков присоединился к ним, уселся на диване у Насти в ногах и с интересом слушал, то и дело включаясь в разговор. Оказалось, что занятных случаев и сложных ситуаций из жизни следствия и уголовного розыска он знает немало, естественно, со слов жены, но сама Настя не уставала поражаться тому, что он держит все это в голове. Она уже успела о многом забыть, а Лешка помнит...

Она вдруг спохватилась, что хотела посмотреть телевизор. Разговор, который планировался коротким, неожиданно превратился в вечер воспоминаний и заметно затянулся. Сколько же прошло времени? Сегодня начиналась ретроспектива фильмов режиссера Константина Островского, приуроченная к его шестидесятипятилетию, и в телепрограмме она прочла анонс о большом интервью с ним. Насте хотелось своими глазами взглянуть на свидетеля по делу об убийстве, понаблюдать за его повадками, послушать его речь. Иногда это бывало очень полезным.

— Леш, я передачу не пропустила? — испуганно спросила она, прерывая собственный рассказ о том, почему следователи требуют в некоторых случаях неукоснительного соблюдения закона, а иногда смотрят на нарушения сквозь пальцы и даже порой поощряют их.

Чистяков посмотрел на часы.

— Еще полчаса, — успокоил он жену.

И надо же так, ровно через полчаса как раз и позвонил Селуянов со своей малопонятной просьбой. Настя откинула плед и стащила себя с мягкого диванчика.

— Пойду наверх, Селуянов просит в Интернет залезть.

— А передача? Ты же хотела посмотреть, — нахмурился Чистяков.

— Леш, запиши мне на кассету, ладно? Я потом посмотрю.

— Ни стыда, ни совести у твоего Селуянова, — ворчал Алексей, мечась в поисках подходящей кассеты, потому что по экрану телевизора уже бежали вступительные титры. — Вот это что у тебя?

Он сунул Насте под нос коробку с кассетой.

— Это про любовь, можешь сюда записать, я уже посмотрела. Мура страшная.

Она поднялась на второй этаж, включила компьютер, вышла в Интернет. Интересно, с чего Селуянов решил, что у этой газеты есть свой сайт? Ладно, даже если и нет, существует множество мест, где можно найти нужные публикации. Правда, на это потребуется больше времени.

Но сайт у «Вестника бизнеса», к счастью, оказался. Настя ввела поисковое слово «Практис-Плюс» и тут же получила статью, подписанную Петром Маскаевым. Действительно, совсем недавно опубликована. И зачем она Селуянову? На второе поисковое слово «Маскаев» компьютер выдал ей два десятка публикаций за предыдущие шесть месяцев, а всего с начала текущего года их набежало тридцать восемь. Читать все это с экрана было бы полной глупостью, даже учитывая наличие очков, поэтому Настя вставила в принтер бумагу и распечатала все статьи Маскаева.

Ну вот, теперь можно выключить компьютер, устроиться поудобнее, положить перед собой чистый лист бумаги и предаться своему любимому делу — анализу.

Вниз она спустилась в половине двенадцатого. Чистяков сидел с огромной дымящейся кружкой в руках и смотрел боевик.

— Наш автолюбитель просил с тобой попрощаться, он не хотел тебя беспокоить, — сообщил Леша, не отрываясь от экрана. — Если хочешь чаю, наливай, вода только что закипела.

— Я есть хочу, — капризно заявила Настя.

— Тогда посиди тихонько, будет перерыв на рекламу — я тебе принесу. Ладно?

— Неужели так интересно, что оторваться не можешь? — ревниво спросила она.

— Не зуди, — попросил муж. — Раз в сто лет приличный фильм попался, дай посмотреть, а?

Настя безнадежно махнула рукой и поплелась на кухню. Уже совсем поздно, почему Селуянов не звонит? Сам же сказал, что позвонит «ближе к ночи». Куда ж еще ближе-то, без двадцати двенадцать. Дал задание и не интересуется результатами. Или так замотался, что и позвонить некогда? Или случилось что-нибудь?

Она отрезала толстый ломоть черного хлеба, положила на него холодную отбивную, поставила перед собой на стол банку с малюсенькими маринованными огурчиками. Чистяков подал бы ей все то же самое, но в теплом виде, с гарниром и на тарелке. Ничего, она и так обойдется, в желудке все согреется, и ему, желудку то есть, совершенно все равно, с тарелки это в него попало или из банки и с куска хлеба. Правда, ему не все равно, когда в него кидают мясо с хлебом, он из этого набора ухитряется создавать лишний вес, а с весом надо бороться... Ну ладно, один разочек — не страшно, джинсы уже и так не сходятся.

Прикончив мясо с хлебом и вытащив из банки последний огурчик, Настя не выдержала и набрала номер селуяновского мобильника.

— Ты чего не звонишь? — обеспокоенно спросила она. — Случилось что-нибудь?

— Типун тебе на язык, накаркаешь. Я только-только домой ввалился. А ты никак закончила?

— Закончила, только это все без толку, потому что я не знаю, что именно тебя интересует.

— Статью нашла?

— Нашла и статью, и автора, и все его публикации за прошедший год. Он, между прочим, довольно плодовитый.

— Чего-нибудь увидела?

— Коль, да я же не знаю, куда смотреть! — рассердилась Настя. — Ты меня втемную используешь. Сказал бы сразу, что конкретно тебе нужно, от моей работы пользы больше было бы.

— Аська, я сам не знаю, что мне нужно, — признался Николай. — Погоди, я тебе с городского телефона перезвоню, а то у меня батарейка вот-вот скончается.

Он перезвонил и вкратце рассказал Насте о сегодняшней встрече с «шестерками» Багаева и Гамзата.

— Я и подумал, что если Харченко черпал информацию из одного и того же источника и сливал одному и тому же журналисту, то по публикациям это можно как-то проследить. Понимаешь, он мог обратиться за помощью к друзьям, к бывшей невесте, а мог и к своему источнику. Дескать, ты меня подвел, дал неверную информацию, теперь помогай выкручиваться, гони бабки. До-

А. Маринина

пустим, у источника денег нет, но ведь Харченко мог с ним обсуждать варианты, к кому еще обратиться. И мог рассказать ему, что Лариса согласилась помочь, обещала передать деньги или ювелирку. Сама-то Лариса вряд ли кому-то стала бы говорить, что мужнины подарки бывшему любовнику отдает, так что с ее стороны утечка информации о цацках крайне маловероятна. А вот со стороны Харченко она вполне возможна. Жене он наверняка не сказал, потому что неприлично брать такие ценности у бывшей любовницы. А источнику мог сказать. И источник этот мог не удержаться от соблазна, или сам на дело пошел, или продал сведения, или нанял кого-то. Деньги-то немалые, я бы даже сказал, огромные деньжищи.

— А это не на пустом месте? С чего вы с Мишкой решили, что Харченко обращался к Ларисе и что она согласилась ему помочь? Вы же это выдумали из головы, — засомневалась Настя.

— Сначала выдумали, потом придумали, как проверить.

— И что, проверили?

— Как тебе сказать, — в голосе Селуянова зазвучала хитрющая улыбка. — Неточно. Косвенно. Мы поехали к Риттеру и попросили при нас проверить, все ли ювелирные изделия Ларисы на месте.

— И оказалось?..

— Что их нет. Не всех, конечно, кое-что осталось. Но очень многих нет. Коробки в сейфе стоят, но больше половины — пустые. По словам Риттера, пропали изделия с крупными бриллиантами, очень дорогие. И главное, ты представляешь, он даже не может точно сказать, когда именно они пропали, потому что коробочки-то все на месте, а внутрь ему и в голову не приходило заглядывать. Смотри, если Харченко до сих пор пасут, значит, он деньги газете не вернул, стало быть, у Ларисы он их не брал. В общем, чем больше мы с Мишкой думаем, тем больше все сходится на источнике, у которого Харченко информацию получал. Это единственный человек, с которым он мог обсуждать ситуацию и пути выхода из нее.

— Ясно. А ты не боишься, что как только ты к этому источнику живой воды приблизишься, так он от тебя во все ноги побежит прямоходом к Харченко с доносом? И неприятностей ты потом не оберешься, если, не дай бог, выяснится, что ты ошибся.

— Ась, ну это уж моя проблема — сделать так, чтобы не побежал, я ведь не на грядке вырос. Мне бы только источник этот вычислить.

— Вот теперь понятно, что тебе нужно. Мог бы сразу сказать. А кстати, тебе не приходило в голову, что Риттер мог на самом деле не сегодня, а гораздо раньше обнаружить пропажу бриллиантов и от злости или ревности застрелить жену?

— Не приходило, — озадаченно признался Селуянов.

— Так пусть придет, — посоветовала Настя.

— Черт, а ведь так просто... А куда же она их девала?

— Тайному любовнику подарила, например. Или подружке-лесбиянке. Между прочим, убийц иногда ищут не по мотиву, а по орудию убийства. Рядом с трупом Ларисы Риттер пистолет валялся, насколько я помню, «беретта». Ты об этом не забыл?

— Да я-то не забыл, у оружейников тоже очереди, как у всех. Ждем ответа.

— Ты же хвастался, что у тебя там ходы есть. Врал?

— Не, не врал. У меня по холодному оружию есть блат, а по огнестрельному — пусто. И потом, кто я такой? Дело Риттер на Петровке, а я так, с боку припека. Вот если с понедельника Ольшанский дела объединит, тогда я буду при правах.

— Ага, и при обязанностях, — хмыкнула Настя.

Она взяла составленную по статьям Маскаева таблицу и принялась подробно рассказывать Селуянову о результатах своих изысканий.

Боевик, так увлекший Чистякова, закончился в половине первого ночи. До этого сладостного момента Настя, не любившая такие фильмы, просидела на кухне, вглядываясь в составленную таблицу и пытаясь хоть что-нибудь там увидеть. Не увиделось ничего. То ли она устала, то ли отупела от безделья. То ли там и впрямь ничего не было.

Звуки стрельбы за стеной стихли, на кухню заглянул Чистяков.

— Сама поела? Молодец, самостоятельная девочка. Ну что, спать будем укладываться или хочешь своего режиссера посмотреть?

Посмотреть хотелось. Но и лечь тоже хотелось. И спать.

— Давай совместим, — предложила она. — Расстелим постель, уляжемся, и я посмотрю, а ты почитаешь.

Настя умылась, почистила зубы, влезла в пижаму и с наслаждением вытянулась в прохладной постели. Леша уткнулся в книгу, а она перемотала пленку и стала смотреть интервью режиссера Островского. Мэтр отечественного кинематографа производил впечатление человека сильно пьющего, но умело загримированного. Во всяком случае, выглядел он для своих шестидесяти пяти очень хорошо, а говорил так себе... Настя за свою жизнь перевидала множество людей в самой разной степени опьянения и находящихся на различных стадиях алкоголизма и легко могла определить человека, злоупотребляющего зельем, даже если он в данный момент трезв как стекло.

— Выглядит он классно, — вполголоса пробормотала она. — Сытый, довольный, рожа в экран не вмещается.

— Между прочим, — тут же откликнулся Леша, не отрываясь от книги, — наш друг-филолог сказал, что в жизни Островский гораздо худее, в том смысле, что не такой полный. Мне говорили, что телевизионный экран прибавляет визуально несколько килограммов.

Настя вспомнила подругу Юры Короткова и согласилась с тем, что это, пожалуй, правда. На экране актриса Ира Савенич выглядела куда крупнее, чем была на самом деле. И, уже засыпая, Настя Каменская решила, что ни за что не согласится ни на какие телевизионные съемки, пока снова не начнет помещаться в свои джинсы.

Как будто ее на эти съемки приглашали...

* * *

Ночь с субботы на воскресенье Миша Доценко спал почти счастливым. Он успел-таки поставить новые краны. А главное — они с Колей Селуяновым совершили колоссальный прорыв в раскрытии убийства Ларисы Риттер.

Однако уже к полудню воскресенья счастья как не бывало. Ему позвонил Валерий Риттер.

— Я хотел поставить вас в известность, что все украшения Ларисы нашлись.

В его голосе не было ни радости, ни воодушевления. Впрочем, какая может быть радость, если завтра похороны жены. С другой стороны, Риттер мог играть какую-то свою игру, веры ему нет...

— Где?! — чуть не закричал Миша.

— У ее матери. Мне только что позвонила Светлана Евгеньевна и попросила забрать бриллианты, они у нее. Вчера она была в таком состоянии, что не вспомнила о них.

— Как они к ней попали? — упавшим голосом спросил Михаил.

— Лара отдала, чтобы мать носила. Лара очень любила Светлану Евгеньевну, ей хотелось, чтобы мать хорошо выглядела и носила дорогие украшения. Сама Лариса их никогда не надевала.

— Почему?

— Ей не нравились бриллианты. Она предпочитала другие камни. Все, что она надевала, лежит дома, вы сами видели.

— Зачем же вы покупали ей бриллианты, если она их не носила?

— Молодой человек, муж моего статуса должен покупать жене бриллианты, а не бижутерию. И потом, это хорошее вложение средств.

— Спасибо, что позвонили, Валерий Станиславович, — поблекшим голосом поблагодарил Доценко. — Я попрошу вас, обязательно перезвоните мне, когда получите украшения. Мне важно понимать, все ли на месте, или чего-то все-таки недостает.

— Я перезвоню, — холодно пообещал Риттер.

Вот и сказочке конец. А такая была сказочка, такая чудесная — просто загляденье.

ГЛАВА 15

Звонок Миши Доценко с сообщением о том, что ценности Ларисы Риттер никуда не пропали, Настю отчего-то не удивил. Запущенный еще в пятницу в кабинете следователя Ольшанского механизм «обсчета» собранной информации не останавливался ни на секунду, даже во время сна или задушевных разговоров с Чистяковым, и результаты этого «обсчета» подразумевали, что бриллианты Риттеров должны найтись. Они и нашлись. Только нужно было проверить еще одну вещь. Вернее, проверять будут потом, для начала ее следовало хотя бы нащупать.

Настя снова включила компьютер и положила перед собой вчерашнюю таблицу. Она была готова к тому, что найти удастся далеко не все, но если ее догадка верна, то хоть что-нибудь, но непременно отыщется. «Никогда так не было, чтобы ничего не было...» Кто это сказал? Она уже не помнила, но саму фразу повторяла регулярно. Всегда что-нибудь есть. Все оставляет следы. Вопрос лишь в умении эти следы найти. И в удаче, конечно же, куда ж без нее.

От обеда она отказалась, удовлетворившись чашкой кофе и порезанным на маленькие кусочки шоколадно-вафельным тортиком, который Чистяков принес ей наверх. В пылу работы Настя совершенно забыла о незастегивающихся джинсах и о своем решении потреблять исключительно низкокалорийные продукты и спохватилась только тогда, когда вышла из Интернета и принялась собирать упавшие на пол от неловкого движения и разлетевшиеся в разные стороны листки со своими записями. Стоило ей наклониться, и тесные джинсы тут же напомнили о себе. Секунд эдак пять Настя колебалась и решала, расстраиваться ей и бранить себя или не стоит, и решила, что, пожалуй, не стоит. Потому что радость была все-таки сильнее. Ее догадка подтвердилась.

Интересно, что скажет на это Ольшанский? На семь вечера назначен сбор у него дома, Лешка ее отвезет в Москву и оставит у Ольшанского, а сам, пока сыщики будут совещаться, съездит куда-то по делам. Кажется, он в автосервис собирался, какую-то царапину закрашивать.

— Леш, мы гулять пойдем? — спросила она, спустившись вниз.

— Ты — пойдешь.

— А ты?

— А я почитаю, мне нужно эту монографию за сегодняшний день добить, а завтра на нее рецензию быстренько написать, уже все сроки вышли.

— Жалко, — она непритворно огорчилась.

Ей хотелось поговорить с мужем об Аните Волковой, задать ему вопросы, в которых он наверняка разбирается лучше самой Насти. Но у него тоже работа, не у нее одной, и кто сказал, что Лешкина работа менее важна? Ладно, свои вопросы она успеет задать ему по дороге в Москву, путь-то неближний, можно много чего успеть обсудить.

Она добросовестно отгуляла положенное время, с удовлетворением отметив, что по-настоящему нога разболелась только в самом конце, где-то на сорок пятой минуте. Невиданный прогресс!

В половине шестого они выехали в Москву.

— Леша, ты мне можешь сказать, чем инженерно-физический институт отличается от всех остальных технических вузов? Вернее, не так. Чем он отличался двадцать пять лет назад?

— Ну и вопрос! — Чистяков не скрывал удивления. — Это что, простое любопытство или для дела надо?

— Для дела.

— Интересно вы живете, ребята. Трупы у вас сегодня, а технические вузы четвертьвековой давности. Может, тебе про раскопки Трои рассказать?

— Нет, про Трою не надо, расскажи про МИФИ.

— Ну что тебе рассказать... Среди всех технических вузов в те годы МИФИ и Физико-технический были самыми элитными. На первом месте стоял как раз Физтех, на втором МИФИ. Поступить в них было трудно, без побед на школьных олимпиадах по физике и математике даже пытаться нечего. Конечно, были и исключения, как во всех институтах, например, брали мастеров спорта, чтобы они за институтские команды выступали. В основном выпускники работали потом в закрытых учреждениях: космос, оборонка, средмаш. Из них готовили научных работников и преподавателей. Ты мне объясни, в чем твой интерес состоит, а то я и не знаю, что тебе рассказывать.

— Интерес у меня, Лешик, в том, чтобы понять, почему девочка, выпускница школы, золотая медалистка, которая может легко поступить в любой вуз, победительница олимпиад по математике, выбирает именно

МИФИ, а потом становится очень слабым специалистом. Если у нее не складывались отношения с физикой, то почему она стала ею заниматься? Она же могла выбрать все, что угодно, с золотой медалью открыты дороги почти в любой институт. К окончанию школы она знала два иностранных языка, могла бы поступать, например, в иняз или на филологический. Значит, было в МИФИ что-то такое, что ее привлекало. Вот я и хочу понять, что.

— Может, она жила где-нибудь рядом? — предположил Алексей. — Так иногда бывает. Вуз выбирают поближе к дому, лишь бы он давал выбранную специальность.

— Да нет, я уже подумала об этом. В Физтех ей, конечно, добираться пришлось бы еще дольше, он же в Долгопрудном находится, но и до МИФИ от ее дома расстояние было порядочное.

— Слушай, а она что, убогая уродина?

— С чего ты взял? — изумилась Настя.

— В МИФИ и Физтехе всегда было очень мало девочек и очень много мальчиков. То есть шанс найти мужа куда выше, чем в любом другом вузе.

— Нет, Леш, она красавица, каких поискать. Твоя версия не проходит.

— Жаль, — засмеялся он, — а то я мог бы гордиться тем, что внес вклад в раскрытие жуткого убийства. Ты меня спрашиваешь все про ту же Волкову А.С.?

— Про нее, — кивнула она. — Никак мы с ней не разберемся.

— А что с ней не так? Она оказалась жестоким душегубом и маньячкой?

— Ну прямо-таки! Просто у нас есть версия, что кто-то целенаправленно создает проблемы людям, связанным с одной и той же семьей, и ищем какую-нибудь глубоко запрятанную семейную тайну. А знаешь, как ищут старые семейные тайны?

— Не знаю. Расскажи.

— Изучают подробно жизненные пути всех членов семьи и ищут какой-нибудь необъяснимый, нелогичный шаг. В жизни Волковой А.С. все было логично и объяснимо, кроме выбора института. Вот я и вцепилась в этот факт.

— А не проще у нее самой спросить? — вполне резонно заметил Алексей.

— Проще, — согласилась Настя. — Только она ответит, что любила физику, ей нравилось ею заниматься, и разве она могла предполагать, что станет слабым ученым. Вот и весь ответ.

— Откуда ты знаешь, что она именно так ответит?

— Ее муж неоднократно задавал ей этот вопрос. И получал именно этот ответ.

— А вдруг на самом деле она до потери сознания любила мальчика, который поступал именно в МИФИ, и пошла следом за ним, чтобы не разлучаться? Истории подобные факты известны.

— Это вряд ли.

— Почему?

— Не укладывается в схему характера. И потом, если бы это было так, то ее мать об этом знала бы. А мать ничего такого не рассказывала.

Она помолчала немного, глядя в окно на унылые мокрые осенние улицы. Бывший муж Волковой считает, что Анита всегда жила вынужденной жизнью. Что могло вынудить ее поступать в инженерно-физический институт? О! Гениально! Ее еще в школьном возрасте завербовала западная разведка и послала в вуз, выпускники которого все сплошь работают на засекреченных объектах, чтобы Анита добывала информацию, составляющую государственную тайну. Фу, глупость какая. Придет же в голову...

— Ася, меня память подводит или ты мне называла полное имя Волковой? Мне еще показалось, что имя какое-то нерусское, — голос мужа вернул ее на землю.

— Анита Станиславовна, — машинально ответила Настя.

— Анита... Что за имя? Откуда оно?

— У нее крестная — испанка. Мать Аниты была беременна как раз во время фестиваля молодежи и студентов, она подружилась с девушкой из Испании, и та предложила стать крестной матерью ребенка. В те годы еще не умели определять пол ребенка до рождения, поэтому мать Аниты и та испанка придумали два имени, для мальчика и для девочки.

— Ага, понятно. И как ей потом жилось с таким именем? В те времена имена были стандартными, необычные как-то не приветствовались.

— Да отлично ей жилось. Она, судя по всему, всегда помнила, что у нее крестная из Испании, поэтому изучала страну, язык, культуру. Даже научилась фламенко танцевать. И на гитаре играла прекрасно, музыкальную школу закончила. Леш, какая связь, я не понимаю. При чем тут ее имя?

— Имя ни при чем. А вот Испания очень даже при чем.

— Ты что, про шпионов подумал? — с подозрением спросила Настя. — Выбрось из головы.

— Ну какие шпионы, Асенька, — расхохотался Чистяков. — Я о другом. Ты много встречала девочек, знающих испанский язык? Не взрослых специалистов-лингвистов или переводчиков, а именно школьниц.

— Себя, — гордо заявила она. — И еще пятерых, которые вместе со мной занимались. Вообще-то в Москве была испанская спецшкола, но, по-моему, одна на весь город. То есть таких девочек было от силы человек триста, а то и меньше.

— И многие ли среди них учились играть на гитаре?

Настя с восторгом посмотрела на мужа.

— Лешка, ну до чего ж ты умен. Она ведь не только на гитаре играла, но еще и на саксофоне, это огромная редкость среди женщин. А тех, кто танцевал фламенко, вообще не было. Кроме Аниты Риттер. Она была уникальна. Она всегда хотела быть не такой, как все. Поэтому она выбрала институт, в котором мало девочек. С ее-то внешностью, да еще с двумя языками, да с гитарой и саксофоном, да с фламенко, да среди мальчиков-физиков, да в закрытом институте, где сплошные секреты и государственные тайны. Отсюда и две диссертации, побыстрее, пока тридцать не исполнилось, чтобы не как у всех. Чтобы быть звездой. Причем такой, которую невозможно ни повторить, ни скопировать. Танцами, испанским языком и гитарой она создала из себя «испанку», а саксофоном и физикой резко выделила себя из женской среды. При этом не приблизилась и к мужской, потому что была очень красива и к ней всегда проявляли интерес мужчины. То есть она не сделалась мужеподобной, она всегда оставалась настоящей женщиной, абсолютно не похожей ни на одну другую женщину.

— Значит, я все-таки могу собой гордиться, — сделал вывод Алексей. — Наш разговор принес тебе ощутимую пользу. И что дальше? Можно считать, что ты поймала убийцу?

— Если бы, — Настя помрачнела. — Ни в одном глазу.

Думать об Аните Волковой ей стало неинтересно. Если построение правильно, то ни к одному из трех преступлений это отношения не имеет. Ну, стал более понятен характер Аниты Станиславовны, не более того. Никаких семейных тайн из выбора института не выплыло.

Возле дома, где жил Ольшанский, стояла машина Коли Селуянова, а вот ржавой «копейки» Короткова не видно. Уже двадцать минут восьмого, и Настя переживала, что опаздывает, но быстро успокоилась, поняв, что прибыла к следователю не последней. Чистяков поехал в автосервис и пообещал вернуться за ней часов в десять.

* * *

Жена следователя Ольшанского всегда очень серьезно относилась к импровизированным совещаниям, которые ее муж периодически устраивал у себя дома. Она пекла огромное количество блинов, пирогов и плюшек, расставляла все это на большом столе вместе с вазочками с медом и вареньем, отправляла дочерей на свидания, к подружкам или в кино, а сама уходила в гости к соседке, появляясь дома примерно раз в полчаса, чтобы подогреть чайник и зава-

А. Маринина

рить свежий чай. Она очень любила своего мужа, заботилась о его здоровье и говорила:

— Если я не создам тебе все условия для посиделок в домашних условиях, ты будешь устраивать их по воскресеньям в служебном кабинете. Я хорошо знаю, чем это кончается.

В переводе на общепонятный язык сия сентенция означала, что в воскресенье при неработающем буфете, не говоря уж о столовой, муж будет целый день сидеть голодным или питаться всухомятку, а это вредно для органов пищеварения, будет забывать проветрить прокуренное сыщиками помещение, а это опасно для органов дыхания, и от всего этого будет плохо себя чувствовать и потому нервничать и сердиться, а уж это-то вредно вообще всегда и для всего.

Жена следователя Ольшанского была врачом-невропатологом. И этим все сказано.

Настя с тоской оглядывала обильный стол, постоянно ощущая врезающийся в талию ремень, поддерживающий незастегнутые джинсы. Она специально затянула его потуже, потому что знала, какие соблазны ее ждут в доме Ольшанского, и вовсе не была уверена, что сможет им противостоять. Особенно сильные эмоции вызывали у нее блины, солнечно-золотистой горкой сиявшие прямо перед ее носом. Господи, где взять силу воли!

— Ты чего не ешь? — шепотом спросил сидящий рядом с ней Селуянов. — Плохо себя чувствуешь?

— Я так растолстела, что на мне джинсы не застегиваются, — таким же шепотом грустно сообщила она.

— Да ладно! — не поверил Коля. — По-моему, ты как была худая, так и осталась.

— Джинсы думают иначе. Я в них влезть не могу. А есть хочется просто ужасно.

— Брось ты, от двух блинков ничего не будет. Давай я тебе положу.

— Нет! — закричала Настя с таким ужасом, словно ей предлагали гадюку, фаршированную жабами в соусе из тараканов.

Присутствующие немедленно впились в нее глазами.

— Ты чего, Пална? Тебе Селуянов предлагает что-то неприличное? Он хочет на тебе жениться? — Зарубин, как всегда, отреагировал первым.

— И правда, Каменская, чего кричишь-то? — подхватил хозяин дома. — И тарелка у тебя пустая. Что-то не так?

Настя решила не ломаться и сказать все как есть. Ей не поверили, и пришлось приподнять длинный свитер и показать свой позор.

— Да-а, бедняга, — посочувствовал Ольшанский. — Хочешь, я тебе яблочко принесу?

На яблоко она согласилась и сгрызла его в мгновение ока — так была голодна.

А. Маринина

— Ладно, коль ты не ешь и рот у тебя свободен, ты и начнешь, — велел следователь. — Надумала что-нибудь за два дня?

Настя надумала. В деле Ларисы Риттер они перебрали возможность обмана со стороны всех, они подозревали во лжи или просто недобросовестных, пристрастных показаниях Валерия Риттера, его мать, домработницу, мать убитой Ларисы. И ничего не складывалось, как бы они ни крутили. Но они не учли одного человека: саму Ларису. Все говорили правду, а она лгала. И тогда сходится почти все.

— Лариса не бросила в свое время Владимира Харченко, — говорила Настя. — Они пошли на сговор. Лариса выходит замуж за богача Риттера, тот прикладывает усилия к тому, чтобы раскрутить жену и сделать ее известной, после чего она разводится с ним и возвращается к Харченко. Именно поэтому у матери Ларисы и возникла иллюзия, что ее дочь быстро приняла решение выйти замуж за Риттера. Ничего не быстро. Лариса встречалась с Риттером достаточно долго, и все это время они с Харченко обдумывали свою комбинацию, а матери, вполне естественно, она ничего не сказала. Но был нюанс: как сделать так, чтобы Риттер захотел помочь жене, и как сделать так, чтобы он не очень домогался ее в постели и уж тем более не приставал насчет детей? Ответ: прикинуться нежной, наив-

ной и беспомощной, во-первых, и наркоманкой, во-вторых. Если не колоться, а якобы
принимать таблетки, то обман раскрыть
практически невозможно. То она веселая,
то подавленная, то возбужденная, то сон-
ливая, то не ест целыми днями, то у нее
зверский аппетит. В глазки капнула капельки — и зрачок сужается или расширяется,
это уж как захочется. Вот тебе и вся картина наркотической зависимости. А чтобы
все было достоверно, нужно периодически
давать мужу и прочим обитателям дома
возможность находить пустые упаковки от
сильнодействующих лекарств. История с
картиной для выставки в Германии — ерунда, такой выставки там не планируется, я
проверяла. Именно поэтому в гостях у Риттеров никогда не бывали ни мать Ларисы,
ни ее подружка Лена Завьялова. Лариса
встречалась с ними в других местах. Представляете, что с ними было бы, если бы
вместо разумной, спокойной и прагматичной
Ларисы они увидели бы дурочку-свистуш-
ку? А никакой другой в присутствии мужа и
свекрови Лариса быть и не могла. Это очень
утомительно — строить из себя то, чем ты
не являешься, на протяжении многих месяцев. Отсюда и длительные «отсидки» Ларисы в мастерской под видом интенсивной
работы. Это было, так сказать, первым эта-
пом операции.

— Ни фига ж себе, — протянул Зарубин. — И сколько там всего было этапов?

— Три, — уверенно ответила Настя. — Так, по крайней мере, мне кажется. На втором этапе Лариса обнаруживает, что прикидываться дурочкой, которая к тому же имеет обыкновение накушаться таблеток и засыпать в самых неподходящих местах, очень интересно. Можно много чего услышать, когда муж разговаривает по телефону или со своими сотрудниками в офисе. И много чего увидеть у него в кабинете на столе, среди бумаг. И ей приходит в голову мысль это интересное собирать и дарить своему любимому Харченко, с которым она продолжает общаться и встречаться. А тот, в свою очередь, может использовать это как в служебных интересах, поскольку занимается экономической преступностью, а может и зарабатывать на этом деньги, продавая прессе. Я сегодня несколько часов просидела в Интернете и обнаружила, что львиная доля фирм и компаний, о которых журналист Маскаев писал всякую разоблачительность, незадолго до появления статей только создавались, или реорганизовывались, или меняли профиль деятельности, расширялись, разделялись, сливались и все такое. Одним словом, с ними происходили изменения, в ходе которых они могли обращаться в фирму Риттера. И все их дела и скользкие проблемы Риттеру были известны и наверняка обсуждались им вслух или лично, или по телефону.

— А как это доказать? — тут же спросил Ольшанский. — Это все на словах хорошо, а доказывать как будем?

— Это ваша забота, господин следователь, — усмехнулась Настя. — Мое дело — придумать. Потом случился третий этап, который легко доказывается. Владимиру Харченко что-то надоело. То ли он устал делить Ларису с мужем, то ли любовь прошла, то ли еще что, но он женился. И скрывал этот факт от Ларисы. Но она все равно узнала. Можете себе представить, что с ней было? Она вышла замуж за нелюбимого мужчину, периодически спит с ним, с утра до ночи ломает собственную личность, притворяясь наркоманкой, она таскает милому Володечке информацию, чтобы тот делал карьеру и попутно деньги зарабатывал, а он в ответ что вытворяет?

— Нехорошо, — покачал головой Селуянов, — некрасиво.

— Да сволочь он, — поддакнул сидевший молча Миша Доценко. — Давить таких надо.

— Еще успеешь, — Ольшанский кинул на Доценко острый взгляд и снова перевел глаза на Настю. — И что же наша Лариса? Решила отомстить?

— И как! Она приходит в «Практис-Плюс» к генеральному директору и предлагает свои услуги. План таков: она организует утечку в прессу клеветнической информации о фирме, и после появления статьи господин Чуйков на голубом глазу предъявляет газете иск. Тем самым поправляет свои финансовые дела. А человек, продавший газете информацию, оказывается в полном дерьме. Проще говоря, Лариса решила неверного любовника подставить по-крупному. И ей это удалось. Вот и вся песенка.

— Ну, тут проверить легко. — Ольшанский отправил в рот очередную плюшку, предварительно обмакнув ее в розетку с медом, и Настя судорожно сглотнула. — Завтра прямо с утречка кто-нибудь из вас поедет к Чуйкову и покажет фотографию Ларисы.

— Да я сейчас могу сгонять, — тут же подхватился Селуянов. — У меня уже и телефончики все есть. Позвонить?

— А фотография у тебя есть?

— Нет, — растерялся Коля.

— У меня есть. — Миша Доценко вынул из бумажника и протянул ему фотографию.

— Ишь ты, запасливый, — хмыкнул следователь. — Звони, Коля, договаривайся о встрече. А ты, Каменская, не торопись, песенка-то еще не вся. Ты уверена, что Ларису убил Харченко?

— Почти уверена.

— Из мести?

— Я думаю, скорее от злости. На него

же наехали на семьсот тысяч долларов, а информацию ему дала Лариса. Он приехал просить, чтобы она помогла ему выкрутиться, раз уж так вышло по ее вине, а она сказала ему все, что думает о нем. И про его женитьбу, в частности. Может, еще про что-нибудь. Возникла ссора, оба были в ярости.

— Ну, положим, в ярость Харченко впал гораздо раньше, иначе пистолет бы с тобой не принес, — заметил Доценко. — Он приехал не просить помощи, а требовать и запугивать.

— Разумно, — согласился Ольшанский. — По пистолету у нас пока сведений нет. Место происшествия осмотрено плохо, дежурный следователь, проводивший осмотр, ничего умного не сделал и никаких следов, позволяющих идентифицировать убийцу, не зафиксировал. У нас остается надежда только на оружие.

— И на признание Харченко, — добавил Доценко. — Знаете, менты легче всех раскалываются, это давно замечено. Никто не знает почему, но это факт. Если грамотно его прижать, он сам все расскажет.

— Для того чтобы грамотно прижимать, дружочек, надо факты искать, факты, факты, — сердито перебил его следователь. — А у нас пока только мысли.

— А что, плохие мысли? — огорченно спросила Настя.

— Мысли замечательные. Но голые.

Одежка нужна. Между прочим, среди этих прекрасных голых мыслей я так и не услышал объяснения ни странным звонкам неизвестных женщин, ни той лесбиянке, с которой Ларису застал муж. Или она лесбиянкой тоже притворялась?

— А что? Могла, — подхватил Зарубин. — Чтоб с мужем не спать.

В комнату заглянул Селуянов в куртке.

— Я поехал к Чуйкову, — сообщил он. — Как что узнаю — сразу позвоню.

Через секунду за ним захлопнулась дверь.

— Нет, — покачал головой Доценко, — притворяться лесбиянкой, чтобы не спать с мужем, дело рискованное. А вдруг он ее выгонит и на развод подаст? А ей разводиться не резон, к Харченко-то она уже уйти не может, он женился.

— Лариса могла считать, что если он ее за наркотики не выгнал, то и за это дело не выгонит, — возразила Настя. — Там семейный принцип: сор из избы не выносить. Так что в определенном смысле Лариса могла чувствовать себя в полной безопасности. Но вообще-то вы правы, эти женщины в телефоне и в постели в схему не ложатся. Если Лариса притворялась лесбиянкой и наркоманкой, чтобы не спать с мужем, она должна была сама организовывать звонки себе домой женскими голосами. А она говорила своей подруге, что не понимает, кто

ЗАКОН ТРЕХ ОТРИЦАНИЙ

это ей названивает. И с постелью не получается. Не могла Лариса знать, что муж именно в этот день и час придет к ней в мастерскую.

— Значит, что же получается? — задал вполне уместный вопрос Зарубин. — Что ее убил не Харченко и все построение рухнуло?

— Сережа, давай не будем складывать котлеты в одну кастрюлю с мухами. Мухи — отдельно, котлеты — отдельно. Есть история с Харченко, и она достаточно стройная, чтобы объяснить девяносто пять процентов собранной по делу информации. Но есть еще пять процентов, которые в эту историю не попадают. Значит, это совсем другая история, которая к убийству может никакого отношения не иметь. Но если мы точно установим, что Ларису убил не Харченко, значит, именно эти пять процентов и связаны с убийством, — терпеливо говорила Настя.

Дверной звонок прожужжал уверенно и требовательно. Ольшанский пошел открывать, и тут же из прихожей донесся возбужденный голос Короткова:

— Как там с блинками, Михалыч? Все умяли или оставили хоть штучку?

— Тебе хватит, — послышался басок следователя, — у нас тут горе, понимаешь ли, Каменская на диету села, так что ее пайка целиком тебе достанется.

Юра ворвался в комнату сияющий и возбужденный.

— Ну, мужики...

— И дамы, — не мог не встрять Зарубин.

— Мужики и одна дама, — не позволил себя сбить Коротков, — вот только попробуйте сказать, что я плохой зам начальника отдела. Пока вы тут утробы набиваете...

— Не все, Пална голодает. На ней штаны не сходятся, — тут же наябедничал Сергей.

— Пока вы все, кроме Аськи, набиваете свои ненасытные утробы, я работаю в поте лица, создавая вам условия для полноценного отдыха.

— И чего наработал? — спросил Ольшанский, накладывая на чистую тарелку гору блинов и пододвигая ее Короткову.

Юра тут же схватил блин и засунул в рот.

— Ты с вареньем или вот с медком, — посоветовал следователь. — Чего пустой блин жевать, невкусно же.

— Мне — вкусно, — выговорил Юра сквозь блин. — Короче, рассказываю. Из той «беретты», которую нашли в мастерской Ларисы, в прошлом году совершены два убийства, в пулегильзотеке все данные есть. Точно известно, что совершил их некто Петлецов, но поскольку оружие тогда не нашли, то и доказать не смогли. Несколько месяцев назад брали один хитрый подвал, где обосновались фальшивомонетчики. Народу арестовали шесть человек и нашли там много всякого разного, в том числе аппарат для печатания денег и приличную кучку оружия и боеприпасов. Среди арестованных оказался и Петлецов. Но среди изъятого оружия этой «беретты» опять не было.

— Да была она, — пожал плечами Миша Доценко, — просто ее в суматохе кто-то из ментов, участвовавших в задержании, притырил. Такое сплошь и рядом делается.

— Мишаня, ты, видно, плохо покушал, ты не заболел? — Коротков изобразил тревогу и озабоченность состоянием здоровья подчиненного.

— С чего это ты взял?

— У меня, например, мозги совсем не работают, когда я до отвала наедаюсь, — пояснил Коротков. — Я могу думать, только когда голодный. А поскольку Мишка мыслит точно и в «яблочко», я и подумал, что он, наверное, мало блинов съел. Короче, среди сотрудников, бравших тот подвал, был и наш дружок Харченко, поскольку он занимается экономическими преступлениями и, в частности, фальшивомонетничеством. Харченко эту «беретту» и взял.

— Ага, кто шляпку спер, тот и тетку убил, — снова не удержался Зарубин.

— Что же он, совсем больной, из паленого оружия человека убивать? — не поверил Доценко. — Он же профессионал, он должен был понимать, что изъятый в такой ситуации пистолет наверняка уже был в деле и пользоваться им нельзя.

— Миша, он в тот момент был не профессионалом, а человеком, на котором висят семьсот тысяч долларов и за которым по пятам ходят боевики Гамзата и Багаева, — произнесла Настя негромко. — Поставь себя на его место, и я посмотрю, сколько профессионализма в тебе останется.

Коротков судорожно впихивал в себя блины, варенье и пироги. Настя старалась не смотреть на него. Почему-то блинов ей больше не хотелось. Теперь ей ужасно, просто до боли в ноге хотелось пирога. Вон того, с капустой. И еще вот этого, с яблоками. Господи, кошмар какой-то с этой едой, джинсами и диетой.

Юра утолил первый голод и теперь посмотрел на присутствующих более внимательно.

— А Селуянов где? Почему его нет? Или он думает, что если он мне не подчиняется, то и к следователю на блины можно не ходить?

— Он к свидетелю поехал фотографию Ларисы предъявлять, — объяснила Настя, которой легче было не думать о пирогах, если она говорила. — Ты ешь, Юрик, ешь, я тебе пока расскажу.

Излагала она обстоятельно и не торопясь, поскольку знала, что наедаться Коротков будет долго.

— Все, — наконец объявил он, — сейчас я лопну. Да, Аська, пока не забыл, рассказываю тебе смешное. Разговариваю вчера с Афоней, докладываю о ходе работы по делу, а он так морщится, словно кислого объелся, и говорит: «Скорей бы Каменская на работу вышла, ничего-то вы без нее не можете, ничего у вас не получается. Как там у нее дела с ногой?» Я прямо обомлел весь с головы до ног. От него же доброго слова не дождешься, а уж Аську он вообще терпеть не может, это все знают. И вдруг такое! Я, натурально, чайником прикидываюсь, мол, не волнуйтесь, гражданин начальник, все идет по графику, через две недели подполковник Каменская будет в строю. И сразу раскроет нам все имеющиеся в наличии преступления, как кровавые, так и не очень. А он мне в ответ: «Ты подключи ее к работе, скажи, что я прошу. Она непременно что-нибудь толковое подскажет». Нет, вы можете себе такое представить? Чтобы Афоня Аську похвалил, ее здоровьем поинтересовался и попросил. Главное — попросил. Уму непостижимо.

Он вопросительно уставился на Настю, ожидая, что она как-то объяснит перемены в поведении начальника. Но она только плечами пожала. Ничего она объяснить не может. Она не понимает, как «эта штука» работает, но ведь работает же! Или все это не более чем случайное совпадение? Не время сейчас и не место обсуждать то, чем она занимается вот уже две недели.

— Да, друзья мои, — подвел итог Ольшанский, — все это просто замечательно, я имею в виду Харченко, но объединять убийство Ларисы Риттер с убийством психолога Аничковой оснований нет. Я думал, вы мне к завтрашнему утру такие основания найдете, а вы в части раскапывания семейных тайн не продвинулись ни на шаг. Я вас не тороплю, мне и дела Риттер хватает, но имейте в виду, что привлекать к работе Колю Селуянова я не имею права. Если только по чистой дружбе он согласится вам помогать, тогда конечно. А давать ему задания и указания я не смогу. Так что поимейте это в виду.

Они снова окунулись в обсуждение трех убийств, делились соображениями, уточняли детали, но никаких новых идей не сформулировали. Жена Ольшанского периодически появлялась, разливала свежезаваренный чай, уносила пустые тарелки и приносила новые, с горами пирогов и плюшек...

В начале одиннадцатого появился Чистяков, готовый везти жену в Болотники.

— Леш, давай подождем немножко, — попросила Настя. — Селуянов должен отзвониться с новой информацией. Мы только звонка дождемся и сразу поедем, хорошо? Ты покушай пока.

— Асенька, в век мобильных телефонов можно не бояться отлучиться с места, — заметил Алексей. — Да и едем мы не в тундру, а на дачу, где есть телефон. Как только что-то станет известно, тебе сразу же позвонят.

Ей стало неловко. Какая же она эгоистка! Уже одиннадцатый час, им так далеко ехать, а Лешке завтра вставать ни свет ни заря, чтобы не опоздать на работу. Конечно, он хочет ехать немедленно, и насчет телефонов он прав, а она, как обычно, не права.

— Поедем, — она встала из-за стола и пошла одеваться.

Миша Доценко позвонил, когда они уже пересекали Кольцевую автодорогу.

— Чуйков опознал Ларису. Только она назвалась Ксенией. А все остальное точно, как ты говорила.

— Что ж так долго-то? Я уже измучилась от нетерпения.

— Так Чуйков долго колоться не хотел. Кольке пришлось его два часа уговаривать. Афера-то некрасивая, согласись.

Настя согласилась. Хорошо, что генеральный директор фирмы «Практис-Плюс» подтвердил ее предположения. Хорошо, что «беретта» оказалась связанной с Харченко.

Все это хорошо. Убийство Ларисы Риттер можно считать раскрытым.

И все равно нескладно. Настя чувствовала, что все время что-то упускает. Что-то важное.

ГЛАВА 16

В понедельник утром Настя Каменская поднялась вместе с мужем в половине седьмого. Она вовсе не собиралась совершать подвиг путем раннего подъема, ей только нужно было осуществить одну акцию, придуманную ночью. Пока Чистяков брился и принимал душ, она достала из ящика пакет и принялась лихорадочно складывать в него все, что могло бы подорвать ее решимость придерживаться диеты. Выбрасывать продукты она не умела никогда, рука не поднималась.

Булочки, треть вафельного тортика, оставшаяся еще со вчерашнего дня, шоколадные конфеты, две неначатые баночки клубничного джема и одна наполовину опустошенная пачка сливочного масла, двадцатисантиметровый кусок сырокопченой колбасы — все это было аккуратно уложено в пакет и выставлено к входной двери. Настя собралась было положить в пакет и кусок сыру, но передумала и сунула его назад в холодильник.

— Лешик, я там тебе сухой паек собра-

ЗАКОН ТРЕХ ОТРИЦАНИЙ

ла, забери на работу, будет с чем чаю попить, — сообщила она, когда муж, выбритый, с мокрыми волосами и благоухающий горьковатой туалетной водой, появился в кухне с намерением позавтракать.

— А ты чего подскочила? — удивился он. — Спала бы еще.

— Сейчас пойду досыпать. Я только хочу быть уверенной, что все это безобразие ты отсюда увезешь. А то, когда оно лежит тут перед глазами, у меня силы воли не хватает его не есть.

Она предусмотрительно оставила в кухне пару булочек, маленький кусочек масла и нарезала колбасы, чтобы Леше было чем позавтракать. Чистяков налил себе кофе и приступил к трапезе.

— Асенька, по-моему, ты дурью маешься, — заметил он. — Ну какая диета, ты сама подумай? Тебе сорок два года, а не восемнадцать, ты не модель и не кинозвезда, и если ты набрала пару-тройку килограммов, в этом нет никакой катастрофы. Давай я лучше куплю тебе новые джинсы, на размер больше, и ты забудешь про калории. Давай, а? Мне по итогам года премию дадут, так что не разоримся.

— Нет, — Настя решительно отвергла любезное предложение, — я на принцип пошла. Мне сорок два года, это ты правильно заметил, я работаю в государственном учреждении, а не на рынке торгую, и не могу позволить себе зимой и летом ходить в одних штанах на все случаи жизни. Сначала одни джинсы, потом вторые, потом приличные брюки, потом костюм. Тут ведь только начни — уже не остановишься, постоянно будут возникать новые надобности. А мы с тобой не настолько богаты, чтобы менять весь мой гардероб. Буду худеть.

— Ну, дерзай, — в голосе Алексея оптимизма что-то не слыхать. — Желаю тебе успехов.

Он поднялся, поставил пустую чашку в раковину и пошел одеваться.

Проводив мужа, Настя снова залезла в постель и уютно свернулась клубочком. Как хорошо, что можно еще поспать, а проснувшись — валяться под теплым одеялом, потому что никуда не нужно спешить. И не нужно под холодным осенним дождем куда-то ехать. Как хорошо, что она сломала ногу и теперь может наслаждаться неожиданным отпуском. Господи боже ты мой, что за мысли в голову лезут...

Она задремала, а когда проснулась, поняла, что же так беспокоило ее накануне. Ей все казалось, что она что-то упускает, чего-то недодумывает. Теперь она уловила, в чем дело.

Анита Волкова всегда хотела быть уникальной, ни на кого не похожей. Этому стремлению было подчинено все ее детство, вся юность, молодость. А что же теперь?

Системный администратор на фирме. Ничего выдающегося ни по статусу, ни по половому признаку, женщин на такой работе едва ли меньше, чем мужчин, а если и меньше, то ненамного. Неужели Анита Станиславовна смирилась с крушением собственного представления о себе самой? Она ведь не просто хотела быть уникальной, она искренне полагала себя таковой, а уж во вторую очередь стремилась к тому, чтобы это признали окружающие. Она с самого рождения была не такой, как все, потому что во времена «железного занавеса» носила имя, данное ей девушкой из далекой прекрасной недосягаемой страны, о которой можно было прочесть в романах, но которую невозможно было увидеть. Из науки Анита ушла пять лет назад, ей тогда было сорок. Долгое время сидела без работы, пыталась заниматься репетиторством, рассылала по крупным и мелким фирмам свои резюме, но ее никуда не брали, потому что знание компьютера на уровне пользователя вполне подходит двадцатилетней девочке со свежей мордашкой, которой можно платить не очень много, но совершенно недостаточно для сорокалетней серьезной дамы, которая хотела бы зарабатывать соответственно своей ученой степени доктора наук. Волкова пошла учиться, легко освоила программирование, поскольку была хоть и плохим физиком, но хорошим математиком, устроилась на работу, но ни работа, ни зарплата не были такими, чтобы резко выделить ее из всех остальных людей. Все стало самым обычным. Как к этому приспособилась Анита Станиславовна? Сорок лет жила с определенным представлением о себе и вдруг резко отказалась от него? Почему? Что произошло в ее жизни такого, что Анита Волкова согласилась быть такой, как все?

Или ничего не происходило? И она страдает и продолжает стремиться доказать себе самой и всем остальным собственную неповторимость? И если так, то что из этого следует?

А следует из этого много всякого непонятного... Только информации у Насти маловато, надо бы поподробнее расспросить Сережу Зарубина, который плотно занимался Анитой Волковой. Может быть, всплывут какие-то детали.

* * *

Филолог Самарин приехал в три часа. И, как обычно, первые пятнадцать минут потратил на извинения. На этот раз — за то, что явился не в пять, как договаривались, а раньше. Он сегодня слишком рано выехал из дому, накатался до умопомрачения и ужасно устал, спина затекла, поясницу ломит, плечи будто свинцом налиты, и сидеть за рулем уже нет никакой возможности.

— Вы не беспокойтесь, Настя, если вам недосуг мной заниматься, я не стану вам докучать, у меня и книга с собой есть, я посижу почитаю, мешать не буду.

— Да вы мне не мешаете, — улыбнулась Настя. — Только вот с едой у нас с вами проблема.

— Хотите, я в магазин схожу и все куплю? — тут же вызвался Самарин. — Здесь же недалеко.

— Не в этом дело. Я села на жесткую диету, у меня полно продуктов, но таких, какие мужчины обычно не едят. Замороженная цветная капуста, например, или капуста брокколи. Даже хлеба нет, не говоря уже о мясе, масле и колбасе.

— А сыр есть? — поинтересовался он.

— Есть.

— Можно приготовить цветную капусту с сыром, очень вкусно.

— Вы умеете? — удивилась Настя.

— Я — нет, что вы. Так моя жена делает. Если хотите, я позвоню и спрошу рецепт.

— Спросите, — согласилась Настя.

А что, это может оказаться очень даже ничего, вкусно. Кажется, Лешка тоже так готовил, и Насте нравилось. Но как он это делал, она не видела и не знала.

Валентин быстро поговорил по телефо-

А. Маринина

274

ну, что-то записал в своей пухлой тетрадке и радостно обернулся к Насте.

— Оказывается, все очень просто. А если есть яйца, то совсем хорошо.

Яиц не было, решили, что попробуют обойтись без них.

— А почему вы на диете? Что-то с желудком? — спросил Самарин.

— С весом, — мрачно проинформировала его Настя. — Надо срочно худеть.

Разговор о полноте-худобе-лишнем весе в сочетании с присутствием филолога-автолюбителя и с недавними мыслями об Аните Волковой навел ее на воспоминания о режиссере Островском. Самарин сказал Лешке, что в жизни Островский выглядит не таким крупным и полным, как на телеэкране. Может быть, они знакомы или как-то общались? И вдруг ей повезет, и Валентин расскажет о режиссере что-нибудь стоящее внимания? Ведь убийство актрисы Халиповой так и висит, версия о причастности к нему Дронова и Багаева никак не подтверждается, а других версий как не было, так и нет.

— Вы хорошо знаете Островского? — спросила она, натирая сыр на мелкой терке.

— Кого?

— Островского Константина Федоровича, режиссера.

— Совсем не знаю, я с ним незнаком. Что это? Ей почудилось или в речи фи-

лолога появились наполненные необъясни-
мым напряжением паузы?

— А где вы его видели? — продолжала
спрашивать Настя, не глядя на Самарина.

Сыр почему-то вдруг начал застревать в
ячейках терки и никак не хотел свободно
двигаться вверх и вниз. Руки у нее дрожат,
что ли?

— Я?

Тянет время, тянет, задает дурацкие вопросы. «Я?» Ну а кто же, не Настя ведь. Чего он так разволновался?

— Вы, Валентин. Вы же его видели?

— Н-ну... да, видел. А что?

— Где?

— Где?

Опять переспрашивает. И насчет магазина он не очень удачно выступил. Он ведь
подъезжал к дому со стороны трассы, а магазин находится в совершенно другом конце поселка, и Самарин никак не мог проез-
жать мимо него. Значит, он бывал здесь
раньше, гулял по Болотникам. Зачем? И почему ни разу не обмолвился об этом? Черт,
где же на первом этаже тревожные кнопки?
В спокойном состоянии Настя помнит их
месторасположение, а как начинает нервничать, так все из головы долой. Ах да, одна кнопка прямо здесь, на кухне, под столом. Ладно, сядем к столу, закурим, устро-
им себе перерыв. К кнопочке поближе.

— Валентин Николаевич, давайте заканчивать с играми, — вполне миролюбиво предложила Настя. — Вы ведь не случайно оказались в этом доме. Вы поджидали моего мужа, стояли с колесом в руках, разыграли спектакль. Очень умело разыграли, отдаю вам должное. Вы своей цели достигли. Вы познакомились с нами, вы приезжаете сюда. Зачем? Что вам нужно?

Самарин сидел, опустив плечи и глядя куда-то в пол. Не хохочет над ее домыслами, не иронизирует над Настиной подозрительностью, не возмущается. Значит, все правда.

— Как вы догадались? — спустя некоторое время спросил он.

— Вы знаете, где у нас тут магазин, хотя знать не должны бы. И вы явно не хотите отвечать на вопрос, где вы видели режиссера Островского. Никаких гениальных прозрений с моей стороны не было, вы сами проговорились. Так я вас слушаю, Валентин Николаевич.

— У вас есть дети?

— Нет.

— А у меня есть. Сын, с которым мне не повезло. Но это мой сын, единственный, и я его люблю. И готов спасать его во что бы то ни стало. Вы должны понять меня...

— Я постараюсь, — Настя говорила мягко, но свободной рукой на всякий случай нащупала спасительную кнопку.

— Примерно три недели назад Сашка

сильно переменился, стал нервным, психованным, начал кричать на мать. Запирался в своей комнате. Он и раньше не был подарочным сыном, с ним были проблемы... Но сейчас это выходило за всякие рамки. Мы с женой проявили настойчивость и вытрясли из него... Это было ужасно. Мы даже поверить не могли.

Самарин замолчал. Настя терпеливо выжидала, потом задала вопрос:

— Что вам рассказал ваш сын? Что он натворил?

— Он убил человека. Вернее, не он один... То есть я хочу сказать, что их было двое... Сашка и его дружок.

— Как это случилось?

— Их наняли.

— Что?!

— Да-да, их наняли. Им заплатили деньги, чтобы они убили какую-то женщину. Они даже не знали, за что. Просто убили за деньги. Боже мой, как это отвратительно! Лучше бы в драке, случайно, тогда я хотя бы смог это понять.

— Кого они убили? Какую женщину?

Настя с трудом сдерживалась, чтобы сохранять спокойствие и мягкость. Только так можно было добиться от Самарина внятных ответов. Ей хотелось поторопить его, быть напористой, быстрой, но он может испугаться и замкнуться. Он рассказывает только до тех пор, пока это похоже на дружескую беседу. Для него Настя сейчас не милиционер, который немедленно кинется арестовывать сына Сашу, а человек, у которого можно спросить совета.

— Я не знаю. Сашка тоже не знает ни кто она, ни как ее зовут. Тот человек, который их нанял, дал адрес и фотографию.

— Адрес помните?

— У меня записан. — Он суетливо начал листать свою тетрадку.

— А фотография где?

— Дома. Что мне делать, Настя? Если Сашку арестуют, ему никто не поверит, что его использовали, все будут думать, что он убил с целью ограбления, а он ничего не брал у той женщины...

— Откуда вы знаете? Вы так безоговорочно верите своему сыну?

— Я не верю... То есть не во всем верю... Тот человек, который нанял мальчиков, сказал, что у женщины при себе будет крупная сумма денег, несколько тысяч долларов, что, дескать, она постоянно носит с собой эти деньги. И что мальчики могут взять их как плату за работу. Но у нее ничего не оказалось, кроме двух купюр по пятьсот рублей и мелочи. На ней даже украшений никаких не было.

— То есть тот человек, который их нанял, сам никаких денег им не платил? — уточнила Настя.

— В том-то и дело! Ему это ничего не

стоило. Он втянул мальчиков, обманул их, а теперь, если Сашу арестуют, выйдет сухим из воды. И невозможно будет доказать, что он их нанял.

Ну и каша в голове у этого филолога! Ему не правоохранительную деятельность нужно изучать, а уголовное право. Его идиоту сыну вовсе не требуется доказывать, что его наняли, потому что убийство, совершенное по заказу, является куда более тяжким, чем убийство с целью ограбления. Ему выгоднее идти по более мягкой статье и молчать о заказчике. А несчастный папаша продолжает думать, что мальчика, бедненького, втянул, обманул, запутал плохой злой дядька, и если этого дядьку найти и привлечь к ответственности, то все сразу увидят, какой его сынок белый и пушистый.

Она посмотрела на раскрытую тетрадь. Адрес, где проживала жертва двух молодых придурков. Хороший адрес, знакомый. Примерно три недели назад. Значит, они убили Галину Васильевну Аничкову. И кто же их нанял, хотелось бы знать. Сын Самарина не врет, Аничкова, как правило, не имела при себе крупных сумм, во всяком случае, домой она их не приносила, а в момент убийства она именно возвращалась домой. И украшений мальчишки не брали, потому что их и в самом деле не было. Паша Дюжин объяснял Насте, что кинезиолог во время работы снимает с себя все металлические предметы: кольца, цепочки, браслеты, часы, серьги. А если работает много и постоянно, то без специальной надобности и не носит всего этого, чтобы не приходилось без конца снимать, надевать и снова снимать. Галина Васильевна в тот день ехала из клиники неврозов, где находилась на лечении ее пациентка.

— Ваш сын может указать человека, который его нанял?

— Нет... То есть да... То есть... Он его знает в лицо.

— А по имени не знает?

— Нет.

— То есть они незнакомы, — уточнила Настя.

— Нет. Тот человек подошел к мальчикам, когда они... у них это называется тусоваться... В подземном переходе, он с дружком там часами торчит, не понимаю, что они там делают... Тот человек подошел, перекинулся с ними парой слов, предложил угостить пивом. Они поперлись за ним, как ослы за морковкой.

— И что было дальше?

— Было то, что было. И я подумал, что надо обязательно найти этого человека, чтобы, если Сашу арестуют, он не ушел от ответственности. Чтобы подтвердил, что это была его идея — убить ту женщину. Понимаете?

— Понимаю, — кивнула она. — И вы его нашли?

— Нашел.

— Каким образом?

— Я его выследил. Вернее, мы с сыном... Я подумал, что этот человек вряд ли подошел бы к первым попавшимся юношам, это же очень рискованно, а вдруг они окажутся порядочными и умными и сдадут его в милицию? Ведь такое могло быть, правда?

— Конечно.

— Значит, он присматривался к ребятам, он видел их неоднократно и заметил, что они бездельничают, шатаются, якшаются с подозрительными личностями, ругаются матом. Но если он видел их много раз, значит, он постоянно ходит через этот подземный переход. Или не постоянно, но часто. И обязательно пройдет там снова. Вот как я рассуждал.

— Разумно, — не могла не согласиться Настя.

Дурак он, конечно, этот филолог, но мозги у него работают, в этом ему не откажешь.

— Я заставил Сашу пойти туда вместе со мной и ждать. Мы нашли укромное местечко, откуда нас не видно, если специально не искать, и стали ждать. Стояли несколько дней, с утра до ночи. И наконец Саша его увидел. Мой расчет оказался правильным.

— Поздравляю, — Настя позволила себе слегка улыбнуться. — И что вы сделали? Пошли за ним?

— Да. Я его выследил. Но я не понимал: он пришел домой или в гости, мне нужно было дождаться, пока он выйдет, и посмотреть, куда пойдет потом. Я ждал всю ночь. Сидел на противоположной стороне улицы и ждал. Утром он вышел с газетой в руках, и я понял, что он там живет или, по крайней мере, регулярно ночует.

— И что вы сделали, Валя? Стали выяснять его личность?

— Я хотел... Но не успел. Я очень устал. Вы не представляете, как я устал. Особенно за ту ночь, которую провел на улице. Я решил поехать домой, помыться, поспать, поесть, а потом вернуться и на месте решить, как действовать дальше.

— Почему же вы не вернулись?

— Я вернулся. Но ничего не смог предпринять. Вернее, я побоялся. Возле дома стояли милицейские машины, а спустя некоторое время тот человек вышел из дома вместе с другим мужчиной, они еще о чем-то поговорили, и второй мужчина сел в милицейскую машину.

— А заказчик? Сел вместе с ним?

— Нет, он купил в киоске сигареты и вернулся в дом. Но я испугался. Сначала я подумал, что милиция уже знает, что этот человек заказал моему сыну убить женщину, и теперь он будет все валить на Сашу и снимать с себя всякую ответственность, а Саша и его дружок окажутся единственными виноватыми. Потом, когда я увидел, что его не арестовали и он вернулся домой, я испугался еще больше. Потому что если его отпустили, то, выходит, он сумел оправдаться. И вопрос только в том, как скоро придут за Сашей. Наверное, я поступил неправильно, но я так растерялся... Настя, вы меня понимаете?

— Понимаю, — снова успокоила она Самарина. — Рассказывайте, что вы сделали дальше.

— Я подумал, что мне нужно как-то познакомиться с тем милиционером, который отпустил заказчика.

— Зачем?

— Чтобы выведать, что там на самом деле происходит и кого подозревают в убийстве женщины. Я хотел ориентироваться в ситуации.

Бедный, бедный филолог! Начитался книжек, насмотрелся фильмов и думает, что можно вот так запросто познакомиться с сотрудником уголовного розыска или со следователем и все у него вызнать. Да познакомиться-то не фокус, только не станут они никому ничего рассказывать. А как только новый знакомец начнет проявлять повышенный интерес к делу, которое находится в работе, так моментально сам же и подпадет под подозрение. В жизни не всегда бывает так, как в кино.

— Я поехал следом за ним, выискивая подходящий случай познакомиться...

— А случая все не было и не было, — подсказала Настя.

— Не было, — подтвердил Самарин.

— И вы ехали за ним до тех пор, пока он не привел вас в Болотники, к этому дому.

— Откуда вы знаете?

— Это же очевидно, — Настя снова улыбнулась. — И тогда вы решили, что проще познакомиться со мной, а уж через меня — с ним. Так?

— Вы правы.

— И вы следили за домом, чтобы понять, как нужно действовать, увидели моего мужа, составили план и блестяще выполнили его. Вы ехали следом за Алексеем до Жуковского, выяснили, где он ставит машину, и вам оставалось только подождать, когда он поедет ко мне. Вы обогнали его на трассе и поджидали в удобном месте с колесом в руках. Вы даже подслушивали поздно вечером, когда я у открытого окна разговаривала по телефону. Было такое? А на следующий день мой муж попросил вас охранять меня по вечерам. От вас же самого. Вам не было смешно?

Она впервые за все время разговора дала злости прорваться и тут же укорила себя за неосмотрительность, но Самарин, казалось, этого не заметил. Он был так погружен в собственные переживания, что вообще мало что замечал.

— Не было, — очень серьезно ответил он, не заметив сарказма. — Мне не было смешно. Мне было страшно. Очень. Я понимал, что вот я познакомился с вами, и вы работаете в уголовном розыске, то есть вы коллега того милиционера, который отпустил заказчика. И вы наверняка знаете все то же, что и он. Я сначала думал, что он ваш любовник и приезжает к вам, когда мужа нет, и все гадал, как мне устроить знакомство сперва с вами, а затем с ним. Потом я понял свою ошибку и обрадовался, моя задача облегчалась. Но я очень быстро понял, что заблуждался. Вы ничего не рассказывали про то убийство, вы вообще ничего не рассказывали про преступления, над которыми работаете, а я не знал, как спросить, как начать этот разговор, как подобраться к тому, что меня интересует. Я придумал байку про то, что хочу писать детективы, но это не помогло. Вы мне все очень хорошо объясняли, но про убийство — ни слова. Вот и все, Настя. Что мне делать? Как мне спасти сына?

— Не знаю, — честно ответила она. — Боюсь, что спасти его невозможно. Я имею в виду, спасти от тюрьмы. Вы напрасно на-

А. Маринина

деялись, Валентин, мне жаль вам это говорить, но все было напрасно. Если бы вы не затеяли этот цирк, все могло бы обойтись. А теперь вы сами все испортили, вы полезли в дурацкую авантюру и подставились. Вы филолог, педагог, а не сыщик и не шпион, и рано или поздно вы все равно совершили бы ошибку, а я ее заметила бы. Ваша затея была обречена на провал в тот самый момент, когда вы решили заняться самодеятельностью.

— И вы ничего мне не посоветуете?

Он цеплялся за Настю, как за соломинку, но по его обмякшей фигуре было видно, что он уже понял всю безнадежность своего положения.

— Валя, я могу посоветовать только одно.

— Что? — встрепенулся он.

— То, что всегда советуют преступникам в книжках и кинофильмах. Ваш сын должен прийти с повинной раньше, чем мы арестуем заказчика.

— И его не посадят?

— Скорее всего, посадят, но срок будет меньше. А если он будет вести себя правильно, то его могут даже до суда оставить на свободе. Этого я вам не гарантирую, но такое вполне может случиться.

— И никаких других вариантов? — упавшим голосом спросил Самарин.

— Никаких, Валя. Мне очень жаль. У нас

с вами остались два непроясненных вопроса.

— Каких?

— Адрес и приметы того человека, который нанял вашего сына и его друга.

В общем, Настя представляла себе, какой адрес он сейчас назовет. Коротков приезжал к ней после убийства актрисы Халиповой и после того, как побеседовал с Кричевцом. Именно у дома, где живет Кричевец, филолог и увидел Юрку. И приметы, которые он назовет, наверняка окажутся приметами каскадера. И режиссера Островского Самарин как раз там и увидел.

Так и вышло.

— Про Островского, пожалуйста, поподробнее, — попросила она.

— Он приехал вечером, часов около десяти, вместе с молодой девушкой.

Все правильно, так и было, подумала Настя. Пока все сходится, так что Самарин не врет и ничего не путает.

— Около половины первого ночи они уехали.

— Кто это — они? — насторожилась Настя.

Около половины первого уехала Юлия. На машине Островского.

— Островский и девушка, — пояснил филолог. — Они вместе приехали и вместе уехали. На черном «Лексусе».

А вот это уже непорядок. По показаниям Кричевца, Островского и Волковой выходило совсем иначе.

— Вы уверены? Вы точно это видели?

— Да точно, Настя. У меня зрение очень хорошее, даже в темноте. Можете проверить.

— Может быть, вы видели только девушку, но решили, что раз они вместе приехали, то и уезжают вместе? Вспомните как следует, Валя, это важно.

— Да нет же, я отлично видел их обоих. Островский сел за руль, а девушка — рядом. Потом, примерно через час или, может, чуть меньше, из дома вышел тот человек, заказчик, и с ним была женщина. Они сели в машину и уехали. Я тогда ужасно расстроился.

— Почему?

— Я решил, что раз он оттуда уехал ночью, значит, он там был в гостях, и я его снова потерял. Понимаете, они так быстро вышли, буквально побежали к машине и рванули с места, а я не успел поехать за ними. Моя машина стояла чуть дальше, и я растерялся... В общем, я решил, что упустил его. Но выхода не было, и я стал ждать. А вдруг что-нибудь еще случится, что мне поможет? Мне не хотелось возвращаться домой с сообщением, что я провалил все дело. Мы с Сашкой так долго его выслеживали, и получается, что все впустую... Понимаете?

— Понимаю. Но ведь он вернулся, верно? Вы сказали, что утром он выходил из подъезда с газетой в руках.

— Да, он вернулся. Они втроем вернулись.

— Вот даже как?

Настя уже ничему не удивлялась. Вдвоем уехали — так вдвоем, втроем вернулись — так втроем. Все врали, все, кроме несчастного Самарина.

— Точно, втроем. Тот человек, женщина, которая с ним выходила, и Островский.

— А девушки с ними не было?

— Не было. Их было трое.

— И потом что?

— Больше ничего. Утром тот человек вышел, и я поехал домой.

— Как вам показалось, Островский был трезв, когда ночью уезжал с девушкой? Он твердо стоял на ногах?

— Он был сильно пьян, это даже мне было заметно. Я еще, помню, удивился, зачем он в таком состоянии садится за руль.

Уф-ф-ф, ну и денек... Все понятно. Островский сбивает женщину с ребенком и уезжает, не останавливаясь. Юля впадает в истерику. Островский звонит Кричевцу... Нет, зачем? Не станет Островский ему звонить. Он где-то останавливает машину и пытается успокоить актрису. У него ничего не получается. А время идет. И Кричевец, который видел, что Островский уезжает не в самом трезвом виде, названивает ему сам, чтобы убедиться, что тот благополучно доехал.

Но режиссер пока еще не доехал. По его голосу и по звукам Юлиной истерики становится понятно, что что-то произошло. Кричевец выясняет, где находится его патрон по будущим съемкам, и они с Анитой едут «разруливать» ситуацию. Вероятно, все оказывается куда хуже, чем они ожидают. Юля требует, чтобы они вернулись к месту наезда, вызвали милицию и «Скорую помощь» и во всем признались. Ей легко быть честной и порядочной, не ей же в тюрьму садиться, а Островскому. А допускать этого нельзя. Режиссера надо спасать во что бы то ни стало, не то Кричевец останется без работы.

Юлю уговаривают, успокаивают, обещают, что вернутся к месту происшествия. Едут. На двух машинах. Разумеется, Островского от руля отстраняют, он пьян, Юля тоже вести машину не может, она в слезах. Одну машину ведет Кричевец, другую — Волкова. Они выезжают подальше, находят достаточно пустынное место и решают вопрос с Юлей кардинально. Она больше никому не скажет, что женщину и ребенка задавил великий режиссер Островский. И убийцу, насмерть сбившего пешеходов, тоже никто искать не станет, потому что убийца — Юлия Халипова. Вот и машина при ней, а на машине явные следы столкновения с людьми.

Вот почему Юля так спокойно вышла из машины и позволила себя убить. Она знала своих убийц. Всех троих. И доверяла им.

Они вернулись в дом Кричевца и выстроили свою версию случившегося. Так появилась история о телефонном звонке, который невозможно проверить, потому что звонили на городской номер. История о напившемся Островском, который одолжил любовнице свой автомобиль и заснул в гостях мертвым сном. История о том, как они волновались, звонили Юле домой, искали ее.

Они все продумали. Тщательно, аккуратно. Они не учли только несчастного отца, который в наивных попытках спасти беспутного сына несет вахту неподалеку и наблюдает все их передвижения. Они были уверены, что их никто не видит. Им просто не повезло.

* * *

Доценко решил начать издалека. Можно спокойно вести неспешную беседу, делая вид, что просто еще раз уточняешь детали и ничего плохого не подозреваешь. Усыпить бдительность, а потом бабахнуть из тяжелой артиллерии.

Островский был трезв и чем-то сильно раздражен. Мишу это более чем устраивало, раздраженный человек плохо контролирует то, что говорит, и, если ему есть что скрывать, обязательно допустит ошибку.

— Давайте начнем с самого начала, Константин Федорович. Зачем вы поехали в гости к Антону Кричевцу?

— А что, для этого нужен повод? — сердито огрызнулось светило кинематографии. — Люди ходят друг к другу в гости просто так, потому что они дружат.

— Раньше вы говорили, что поехали, чтобы отдать новый вариант сценария, — ненавязчиво напомнил Доценко.

— Ну да, так и было. Я привез сценарий. Седьмой вариант, черт бы ее побрал.

— Ее — это кого?

— Аниту. Все время ей что-то не нравится, придирается к каждому эпизоду.

— А при чем тут Анита Станиславовна? Раньше вы говорили, что сценарии читал Кричевец, потому что должен был выступать постановщиком трюков. Разве не так?

— Так, так. Но у Аниты свой интерес, поэтому сценарии читала в первую очередь она сама.

— Какой у нее может быть интерес? — вполне искренне удивился Михаил.

— Так она же собиралась сыграть главную роль, — Островский недоуменно посмотрел на сыщика, который не понимает таких элементарных вещей. — Вы что, не знали?

— Нет. Никто об этом не говорил. А что, Анита Станиславовна хорошая актриса? Надо же, сколько талантов у одной женщины!

— Да какая там она актриса! — махнул рукой режиссер. — Смех один. Но природные данные есть, так что в моих руках она бы справилась, это уж вы можете не сомневаться.

— Все-таки это большой риск — снимать непрофессиональную актрису, — Миша решил проявить знание вопроса. — Как правило, из таких затей ничего путного не выходило. И как вы не боитесь, Константин Федорович?

— А мне не все равно? За ее же деньги снимать, не за мои. Если она плохо сыграет, я ничего не теряю, потому что снято-то будет рукой мастера. То есть снято будет хорошо, и ко мне как к режиссеру претензий не возникнет, — повторил он, вероятно, опасаясь, что далекий от искусства милиционер пассаж про «руку мастера» может не оценить.

— Вы хотите сказать, что фильм будет сниматься на деньги Волковой? — Миша ушам своим не верил.

Откуда у нее такие деньги? Впрочем, он точно не знал, сколько нужно денег, чтобы снять фильм. Может, не так уж много?

— Именно это я и хочу сказать. Неудивительно, что Анита ничего вам про это не рассказала, она не хочет, чтобы информация раньше времени утекла в прессу. Она хочет, чтобы это была бомба. Неожиданное появление на экране доктора физико-математических наук, да еще в главной роли! И она там блеснет всеми своими талантами, и танцами, и гитарой, и саксофоном, и говорить будет по-испански. А если она платит, так я и сниму, как она хочет.

— И сколько стоит такое кино? — осторожно спросил Доценко.

— Пока мы запланировали бюджет в миллион долларов, — в голосе Островского слышалось нескрываемое самодовольство.

— Миллион?

Не хило. И откуда у Аниты Волковой миллион долларов? Собирается ограбить банк? Впрочем, у нее есть богатый брат, с которым, как все уверяют, она очень дружна. Наверное, он пообещал ей деньги. Да, скорее всего, так и есть.

Права оказалась Настя Пална, ой как права. Не смирилась Анита Станиславовна с потерей статуса. Вон чего удумала! Уникальная, ни на кого не похожая, единственная в своем роде.

А если не брат дает деньги на кино, тогда кто? Кто еще есть у Аниты Волковой?

А еще у нее есть сестра, которая ведет себя крайне подозрительно. Крутит какие-то темные делишки с немецкоговорящим иностранцем и впадает в транс, когда тот исчезает и она не может его найти. Было подозрение, что Люба Кабалкина проворачивала с ним финансовую аферу. Уж не для того ли, чтобы добыть денежки сестрице на съемки? Ради Аниты она на все готова, мать, Зоя Петровна, так и говорила, мол, Любочка Аните в рот смотрит и надышаться на нее не может — так сильно любит.

— Мне нужно позвонить, — Миша лучезарно улыбнулся Островскому. — Вы позволите, я выйду в другую комнату? Буквально на минуту.

* * *

— Я не хотел бы беспокоить вас на рабочем месте, — вежливо произнес в трубку Зарубин. — Может быть, вы можете покинуть офис? Я жду вас в кафе «Сирена», это совсем рядом с вами.

— Знаю, — ответила Кабалкина. — Я выйду к вам минут через десять.

Пришла она не через десять минут, а через двадцать, но ведь человек на службе, дела, текучка. Зарубин с Колей Селуяновым успели все проговорить и даже съесть по салатику и выпить по чашке кофе. Кабалкина выглядела уставшей и измученной. Видно, немец-то так и не нашелся пока.

— Люба, познакомьтесь, это мой коллега, он работает в Интерполе и может вам помочь с поисками вашего друга, — представил Сергей Селуянова.

Тот привстал и изобразил джентльменский поклон.

— Очень приятно. Николай.

— Люба. А вы правда можете помочь?

— Я могу постараться.

— Он может, может, — подхватил Зарубин. — Вы меня простите, Люба, я в тот раз был жесток и несправедлив к вам. Я потом долго думал над нашим разговором и понял, что был не прав. Сначала надо выяснить, что случилось с вашим другом, а потом уж судить о том, любит он вас или нет. Правильно?

— Спасибо вам, — почти прошептала Люба и снова собралась заплакать.

— Не плачьте, Люба, не надо, лучше скажите-ка нам имя и все данные на вашего жениха.

— Джавад Кезоглу...

— Как?! — воскликнули сыщики почти хором.

— Кезоглу, — повторила она. — Джавад. А почему вы так удивились?

— Нет-нет, все в порядке, — быстро сориентировался Селуянов. — Просто мне отчего-то казалось, что речь пойдет о европейце.

— Он турок.

— Чем он занимается?

— Он... не знаю. Сейчас, наверное, ничем.

— Что значит — сейчас? А раньше чем занимался?

— Летом он работает в отеле, дает водные мотоциклы напрокат. А когда не сезон, тогда у него нет работы.

— Вы давно знакомы?

— С прошлого года. Я летом отдыхала в Турции с детьми, как раз в том отеле, где он работал. Мы познакомились...

— Люба, — вступил Зарубин, — почему вы никому о нем не рассказывали? Ведь даже ваша мама не знает ничего. Почему?

— Мне... было стыдно. Ужасно стыдно... Я боялась, что со мной поступят так же, как когда-то с мамой.

— И поэтому вы разговаривали с ним по-немецки, чтобы мама ни о чем не догадалась?

— Да, конечно. Вообще-то он по-русски почти совсем не говорит, только чуть-чуть, я его учила. А немецкий знает, в Турции вся обслуга знает немецкий. Если бы я стала при маме говорить с ним по телефону по-русски, она бы сразу догадалась, что я говорю с любовником, да еще и с иностранцем.

— Все равно я не понимаю, почему вам было так стыдно, почему вы так его стеснялись, — упорствовал Зарубин. — Что плохого в том, что человек выдает технику напрокат?

Люба всхлипнула, вытерла слезы салфеткой и машинально скомкала ее.

— Вы знаете, что такое человек, который работает в прокате? Ему даже на территорию отельного пляжа заходить нельзя. Он сидит в десяти метрах от шезлонгов, под тентом, а пройти эти десять метров не имеет права. Его сразу же охрана выгонит, а потом и уволить могут. Он — пария, изгой. И все, кто хоть раз отдыхал в Турции, это прекрасно понимают.

— И в этом году... — начал подсказывать Селуянов.

— Да, я снова туда поехала. Мы были так счастливы! Мы собирались пожениться.

— И он бы приехал жить в Россию?

— Нет, я с детьми уехала бы к нему. Мы так решили.

— Любочка, — осторожно начал Зарубин, — не сердитесь на меня за то, что я сейчас скажу. Обещайте, что не рассердитесь.

— Обещаю.

— У вас много денег?

— У меня? — Она удивилась вопросу, потому что ожидала совсем другого продолжения разговора. — Много. Во-первых, последние восемь лет я очень хорошо зарабатываю. И во-вторых, отец моего младшего мальчика перевел на мой счет в банке большую сумму. Чтобы ребенок мог нормально расти и получил хорошее образование.

— Отец вашего мальчика состоятельный человек?

— Более чем. Он не просто состоятельный — он очень богатый человек. Только не требуйте, чтобы я назвала его имя.

— Что вы, что вы, — замахал руками Зарубин. — Нам это и не нужно. Скажите, вы знаете, что ваша сестра собирается начать проект с режиссером Островским?

— Да, конечно. А откуда вы знаете? — вдруг испугалась она. — Я дала слово Аните никому об этом не говорить. Она хочет, чтобы никто заранее ничего не узнал.

— Никто и не узнает, — пообещал Сергей. — Но ведь такой проект стоит очень дорого. Разве у Аниты Станиславовны есть такие средства?

— Нет. Но я пообещала ей помочь.

— В каких размерах?

— В больших. Я пообещала ей дать триста тысяч долларов. Такими средствами я располагаю.

— Просто подарить такую сумму? Невероятно! — не поверил Селуянов.

— Зачем же просто дарить? Мы с Анитой договорились, что она будет отдавать долг по мере поступления доходов. Фильм выйдет в прокат, его будут покупать телеканалы. Конечно, может быть, она вернет не все деньги, но я к этому готова. Она же моя сестра, а не чужой человек.

— Я это вот к чему веду, Любочка, — Зарубин вдруг стал очень серьезным. — Триста тысяч долларов — это сумма весьма значительная, особенно для безработного прокатчика. Не могло ли так получиться, что он узнал о вашем обещании дать деньги сестре и решил, что вы теперь останетесь ни с чем, что у вас больше нет средств и, таким образом, вы ему больше неинтересны? Вам это приходило в голову?

— Приходило, — по лицу Любы текли слезы, но она их не замечала. — И от этого мне было еще больнее. Разве я могла рассказать такое маме?

— Наверное, нет, — со вздохом согласился Сергей. — А кому вы рассказывали о том, что собираетесь замуж за Джавада?

— Только Аните. Она умная и добрая, она не стала бы меня осуждать. Она же маму простила, значит, и меня простила бы.

— И о том, что Джавад исчез, вы тоже ей рассказали?

— Нет.

— Почему?

— Мне было стыдно... Анита предупреждала меня, что он может оказаться альфонсом, что ему нужны только мои деньги. А я так возмущалась... Даже поссорилась с ней.

— Потом-то помирились? — с улыбкой спросил Селуянов.

— Конечно. Анита никогда не дуется, она все понимает.

— Хорошо, Любочка. Вы мне вот на этом листочке напишите все данные, телефоны, какие знаете, название отеля, где Джавад работал, я постараюсь что-нибудь придумать.

— Спасибо вам.

Она быстро написала имя и фамилию Джавада, название отеля, название города, где жила его семья, и номер мобильного телефона.

Минут через десять после ее ухода сыщики вышли из кафе.

— Все ездят в Турцию отдыхать, — мечтательно произнес Селуянов. — Вот ты, Серега, был там хоть раз?

— Не-а. А ты?

— И я не был. У меня как отпуск — так к родителям на дачу, вкалывать, там работа никогда не кончается, все время что-то чинить надо, или полоть, или строить. А эти все по Турциям разъезжают.

— Кто все-то? — не понял Зарубин, который уже успел мысленно перенестись к своей любимой Гуле и мечтал о том, как они тоже, может быть, поедут к теплому морю и золотистому пляжу кататься на водных мотоциклах. Когда-нибудь...

— Ну вот Люба, например. И каскадер

твой, ты же сам рассказывал. Он там девушку слегка попортил. Забыл?

— Забыл... Колян, с меня бутылка.

— За что?

— За то. Я все понял.

— Да что ты можешь понять-то, дитя природы? — усмехнулся Селуянов. — В твои годы еще ничего понимать не положено.

— Да иди ты! — отмахнулся Сергей. — Мы с тобой думали, что этот Джавад узнал про кино и решил, что Люба теперь совсем нищая и никакого интереса для него не представляет. А на самом деле все было наоборот. Это Анита узнала, что Люба собирается слинять замуж вместе со всеми денежками. И приняла меры.

— Думаешь? — недоверчиво поднял брови Николай.

— Точно тебе говорю. Смотри, как по срокам сходится! Люба говорила, что однажды Джавад уже пропадал. Это было летом, в августе. Скорее всего, именно тогда она Аните и сказала, что собирается замуж. Анита посылает каскадера поговорить с женихом. Ну, денег там предложить отступных, или попугать, или просто убедить. На какое-то время это помогает, Джавад перестает звонить Любе и меняет номер мобильника. Потом снова объявляется, у них любовь-морковь, и тут, как назло, Джавад звонит, когда Люба находится у матери в гостях. Но ведь там же и Анита находится, у них бабушкин юбилей. И Анита понимает, что пляжный работник снова у станка. И на следующий день в Турцию вылетает каскадер. Вот после второго визита Джавад и не объявляется.

— А ты уверен, что каскадер в августе летал в Турцию?

— Абсолютно. Я его загранпаспорт видел. И потом, это же часть его легенды, мол, ездил в августе, закрутил с девушкой, теперь надо исправлять положение. Понятно ведь, что никто эту историю не стал бы проверять. Ну, Анита Станиславовна, ну мастерица! Как в сестрины денежки-то вцепилась. По трупам идет.

— Это точно, по трупам, — поддакнул Селуянов. — Актрису, бедняжку, не пожалела. Сестру до нервного срыва чуть не довела. Что еще там за ней числится?

— Психолог Аничкова. Твой труп, между прочим, а я о нем помнить должен, — уколол его Сергей.

— Так Аничкову каскадер заказал, а не Анита.

— Слушай, ты что, всерьез думаешь, что этот безработный каскадер может хотя бы плюнуть без ее разрешения? Да она всех под себя подмяла, всеми помыкает, все под ее дудку пляшут. И убийство Аничковой было нужно Аните, а вовсе не каскадеру.

— Зачем?

— А вот это вопрос, — согласился Зарубин. — Но ответ мы на него все равно получим.

Он посмотрел на часы и с удовлетворением произнес:

— Если все шло по плану, то каскадера Кричевца и мадам Волкову Ольшанский уже часа полтора как допрашивает.

* * *

Прошло еще несколько дней, пока картина не выстроилась полностью. И теперь в ней уже не оставалось пробелов.

Да, Анита Станиславовна Волкова умела ждать, терпеть и планомерно идти к поставленной цели. После увольнения из научного института она два года мыкалась, пытаясь найти себе высокооплачиваемую и престижную работу. Но безуспешно. И тут умирает Станислав Оттович. С этого момента и начинается движение Аниты к новым вершинам.

Брат и сестра, эти сопляки, отнявшие у нее родителей и испоганившие ей детство и юность, эти сопляки теперь в полном шоколаде, денег — куры не клюют, а ей уже за сорок, и впереди — ничего. Никчемный Антон, которым уже нельзя гордиться, и жалкие гроши, получаемые за репетиторство. Нет, так не пойдет. Она снова взойдет на трон, станет королевой и засияет собственной неповторимостью и уникальностью, а брат и сестра ей в этом помогут.

Идея со съемками фильма, в котором она сыграет главную роль и который должен снять, разумеется, известный режиссер, родилась быстро. А вот задача добывания денег решалась медленно. Анита разыграет мудрую и любящую воссоединительницу семьи, она заставит их всех, и старшее поколение, и младшее, смотреть себе в рот. Она всегда умела не показывать своих истинных чувств и ловко притворяться, изображая послушание, дружелюбие, приязнь и даже любовь. Она была умной женщиной и очень неплохой актрисой, она точно знала, как нужно вести себя и как разговаривать с тем или иным человеком, чтобы ее любили. И всегда добивалась своего.

Мать легко поверила в спектакль под названием «Возвращение блудной дочери» и в то, что Анита простила ее. Старая маразматичка-бабка тоже ничего не заподозрила, хотя только одна Анита знала, каких нечеловеческих усилий стоило ей не завизжать и не убить глупую старуху, когда та называла ее «Нюточкой» и особенно «бобылкой». Дед и отчим не в счет, эти всегда, как считала Анита, готовы верить, что их любят, самодовольные тупые самцы.

И с Любой проблем не было, она, все-

А. Маринина

гда готовая любить человека и не ждущая ни от кого подлости, мгновенно подпала под влияние старшей сестры. Правда, Любаша чуть было глупостей не наделала, замуж собралась за безработного турка, но тут Анита вовремя подсуетилась, незаметно проверила мобильник сестры. Конечно же, номер Джавада оказался в списке десяти последних номеров, ведь Любочка-дурочка названивала ему по два раза в день. Имея номер телефона, было совсем несложно разыскать новоявленного жениха и договориться с ним о встрече. Антон поехал в Турцию на неделю и вопрос решил. Потом, правда, оказалось, что не окончательно, пришлось ехать еще раз. Когда к уговорам и деньгам прибавляются мышечная сила и точность удара, оно как-то убедительнее получается.

А вот с братом Валерием были сплошные проблемы. Да, он готов был общаться с Анитой и даже дружить с ней, но на этом все и заканчивалось. Влиять на него не мог никто. Проект со съемками фильма он сразу же назвал бредом и глупостью и попросил Аниту больше с ним об этом не заговаривать. Более того, через полгода после смерти отца он женился на дурочке-свистушке-наркоманке, и отныне она была для него светом в окошке. Все для Лары, все мысли только о ней, и все деньги тратятся только на нее.

Анита употребляла все свое красноречие, чтобы убедить брата в необходимости лечения Ларисы, потому что понимала: если девчонку начнут лечить, то прекратится бесконечное вкладывание денег в ее раскрутку. Но Валерий ничего не хотел слушать. И в жесткой форме просил Аниту не вмешиваться в его дела.

Тогда она решила их развести. Или, по крайней мере, поссорить и отдалить друг от друга. Для этого была придумана и разыграна комбинация с постановкой спектакля «Лариса — лесбиянка». Звонки женскими голосами, когда Ларисы не было дома. Подловить нужный момент труда не составляло, достаточно было из разговора с Валерием узнать, что сегодня Лариса работает в мастерской, — и можно организовывать звонок, благо дурочек, желающих подзаработать, кругом полно. Одновременно была приготовлена история о том, как Лара делала Аните непристойные предложения. Анита перестала приходить к брату, когда его жена была дома, и выжидала наиболее благоприятный момент, чтобы довести до его сведения то, что нужно. И — как апофеоз всего — сцена с внезапно нагрянувшим в мастерскую мужем, когда Лариса спит в объятиях любовницы. Для этого была нанята девушка, которая познакомилась с Ларисой, напросилась к ней в гости в мастерскую посмотреть картины, подсыпала ей в чай сильное снотворное и проделала все прочие необходимые манипуляции, чтобы зашедший в прогнозируемое время муж мог увидеть то, что нужно. Он и зашел. Потому что его привела Анита, удачно и вовремя «стершая ноги» новыми ботинками. Ведь пообедать вместе в тот день предложила именно она, она же и ресторан выбирала. Дескать, все равно будет в районе Чистых Прудов по делам. Все как по нотам.

О, Анита Станиславовна отлично изучила своего брата и могла легко предсказывать его поведение в тех или иных ситуациях. Она точно знала, что ничего выяснять у Ларисы он не станет. Тут она сыграла безошибочно. Но влиять на Валерия она все-таки не могла.

Еще в августе она зашла на работу к Любе и увидела на ее столе несколько визитных карточек Аничковой. Незнакомое слово «кинезиология» ее заинтересовало, она незаметно взяла карточку и навела справки. Оказалось, что кинезиология — довольно полезная штука, если уметь ею пользоваться. Вот он, реальный шанс заставить непокорного братца плясать под ту музыку, которую закажет Анита. Она позвонила Аничковой, назвалась сотрудницей холдинга «Планета» Любой Кабалкиной и договорилась о встрече. Собственно, мысль назваться чужим именем пришла ей в голову неожиданно, когда Аничкова стала спрашивать, где Анита взяла ее телефон. Ни на кого не сослаться она не могла, а Люба сказала, что всех сотрудников «Планеты» психолог будет обслуживать анонимно, то есть не разглашая их имена в трудовом коллективе. Вот и пусть Галина Васильевна думает, что работает с Кабалкиной, ведь сама Люба ни за что к ней не пойдет, в этом Анита была уверена.

Однако встреча с психологом повернулась неожиданно для Аниты. Галина Васильевна отказала ей, причем самым нелицеприятным образом.

— Научите меня кинезиологии, — потребовала Анита, привыкшая, что все ее желания исполняются беспрекословно.

— Зачем вам это нужно? — вполне доброжелательно поинтересовалась психолог Аничкова.

— Я не могу справиться со своим братом, он меня совершенно не слушается. — Аните даже в голову не приходило солгать, ей казалось, что ее желание влиять на брата более чем естественно.

— То есть вы хотите овладеть методом кинезиологии, чтобы заставить вашего брата делать то, что вы хотите? — прямо спросила Галина Васильевна. — Я сожалею, но вы напрасно пришли ко мне.

— Почему же? У моего брата проблемы, которые он не осознает, и я хочу помочь ему.

Анита почувствовала, что с размаху зашла слишком далеко, и попыталась отыграть назад. Но это не помогло.

— Если вы не можете справиться с братом и вас это беспокоит, то это у вас проблемы, а не у него. С вашими проблемами я готова работать, если хотите.

— У меня нет проблем, — резко ответила Анита. — А вот брату я хочу помочь.

— Не надо меня обманывать, — холодно ответила Аничкова. — У нас с вами ничего не получится, Любовь Григорьевна. Всего доброго. Счет за ваш визит я выставлять не буду.

Анита ушла совершенно обескураженной. Как ни пыталась, она не могла понять, почему кинезиолог ей отказала. Но с отказом она так или иначе смирилась. И все было бы хорошо, если бы от Любы она не узнала, что планируется прием в честь десятилетия «Планеты». На приеме будет Аничкова, будет сестричка Люба и, вероятнее всего, брат Валерий. Вот это уж совсем ни к чему. А ну как Люба вздумает познакомиться с Галиной Васильевной, представится ей, тут-то все и выплывет. И тогда уж Аните совершенно точно никогда не удастся заполучить строптивого брата со всеми потрохами и деньгами.

Нет, ни в коем случае допускать этого

нельзя. Аничкова не должна прийти на прием. И вообще нужно избежать любой возможности встречи психолога с Любой. Как же она раньше-то об этом не подумала? Ей казалось, что она все предусмотрела, что Люба ни за что не пойдет к психологу, что психолог не откажет Аните в ее просьбе... А оказалось все совсем не так. Все построение начало рушиться, как карточный домик, и необходимо было немедленно принять меры.

Анита их приняла. Вернее, она приняла решение, а осуществлял его Антон Кричевец с помощью каких-то безмозглых балбесов. Антон же позвонил племяннику Аничковой и сделал так, чтобы имя Любы Кабалкиной из ежедневника исчезло.

Вот такая выстроилась картина. Но чтобы сложить мозаику, следователю Ольшанскому пришлось несколько дней подряд вести многочасовые допросы и очные ставки, проводить опознания и следственные эксперименты, а оперативники мотались по всему городу в поисках информации, которую требовал следователь. Но с каждым днем заданий сыщикам поступало от Ольшанского все меньше и меньше, теперь основную работу предстояло проделать ему самому. А ребята с Петровки уже занимались другими убийствами, которые в Москве совершаются ежедневно, так что без дела им не сидеть.

А. Маринина

В назначенный день Настя Каменская вышла на работу. И неожиданно поймала себя на том, что не думает, как раньше, как бы ей увильнуть от оперативки. Не то чтобы она с нетерпением ждала встречи с начальником, вовсе нет, но былого страха и нервозности не было. Она, как обычно, пришла на службу рано и к началу совещания успела выпить кофе с Коротковым и обсудить с Мишей Доценко преимущества и недостатки обоев, образцы которых он привез с ярмарки стройматериалов. И еще она успела созвониться с Женей Фроловым, который когда-то был старостой ее курса в университете, и уточнить время и место встречи выпускников: в этом году исполняется ровно двадцать лет с момента окончания университета. Да-да, с тем самым «дядей Женей», который, как оказалось, Настю и разыскивал, пока она жила в Болотниках.

Ровно в десять утра она вместе со всеми вошла в кабинет Афанасьева и заняла свое привычное место, на котором сидела все годы, пока начальником отдела был Колобок-Гордеев.

— Каменская! — В возгласе полковника было столько неподдельной радости, что все сотрудники, как один, в недоумении уставились на начальника. — Как же я рад, что ты наконец появилась! Мы тут без тебя как без рук, совсем зашиваемся. Ну, ты как? Окончательно выздоровела?

Настя почувствовала, как в груди нарастает и рвется наружу непонятно откуда взявшееся счастье. Как все, оказывается, просто. Ты перестаешь бояться человека и ненавидеть его, и он тут же реагирует на это открытостью и искренностью.

— Окончательно, Вячеслав Михайлович, — ответила она, с трудом борясь с дурацкой улыбкой, расплывающейся по лицу.

— Ты смотри, первое время не очень-то бегай, щади ногу. А вы, мужики, — он выразительно посмотрел на остальных, — имейте снисхождение, отнеситесь с пониманием. Вас много, а Каменская у нас одна. Приступаем к работе...

Добрых полдня Настя ходила под впечатлением от встречи с Афоней. Нет, так не бызает, так просто не может быть. Где-то в Болотниках она думала и бормотала какие-то фразы, а здесь, в центре Москвы, на Петровке, ее начальник... Нет. Или да?

Ближе к концу дня к ней заглянул Сережка Зарубин.

— Слышь, Пална, ты у нас самая умная...

— Я у вас самая больная, — перебила его Настя. — Слыхал, что начальник утром сказал? Поимей снисхождение и отнесись с пониманием.

— Ну ладно, ты у нас самая больная, поэтому объясни мне, тупому и необразованному, почему все-таки психолог Аничкова отказала Волковой? Вот я в этом деле все понимаю, а этого не понимаю.

— Что ж тут непонятного? Волкова хотела взять брата за руку и выискать все его слабые места, чтобы понимать, на что нужно давить, чтобы заставить его подчиниться.

— Это мы с тобой понимаем, но ведь Аничковой она сказала, что хочет помочь брату. Разве плохо научить человека каким-то приемам, чтобы он мог помогать другим?

— Сережа, помогать можно только тогда, когда тебя об этом просят. А Риттер сестру ни о какой помощи не просил. Разницу чувствуешь?

— А почему нельзя помогать, если не просят?

— Закон такой есть.

— Закон? Это что-то новенькое. Что за закон?

— Никогда не делай, не говори и не думай ничего, о чем тебя не просят.

— Впервые слышу, — фыркнул Зарубин. — Где ты этого набралась? Глупость какая-то! Как это не делать, если не просят? Нас, между прочим, преступники тоже не просят, чтобы мы их ловили, но мы же ловим, и ничего, даже зарплату за это получаем. Чего-то ты, Пална, перемудрила.

— Может быть, — она не стала спорить. — На первый взгляд это действительно звучит дико. Но чем больше думаешь над этим, тем лучше понимаешь, что это правильно.

Она вышла из здания ГУВД в девятом часу вечера и с удовольствием подумала о том, как приедет домой, в свою квартиру на «Щелковской». Родственники забрали из больницы удачно прооперированного сынишку и благополучно отбыли в родной город. Теперь она снова жила в привычной обстановке, ежедневно виделась с мужем и спала на любимом диване.

Но прежде чем она поедет на «Щелковскую», она сделает еще одно дело. Она чувствует, что сделать это просто необходимо. Это нужно не кому-то, а ей самой.

У входа в метро Настя купила огромный букет цветов и поехала на Леснорядскую улицу, где жил Павел Дюжин. Долго звонила в дверь, но ей никто не открыл. Можно было бы позвонить Павлу на мобильник, но зачем? Что это изменит? Она и так сделала то, что хотела.

Настя позвонила в соседнюю квартиру. Ей открыла молодая женщина с грудным ребенком на руках.

— Простите за беспокойство, я могу оставить у вас цветы для Павла Дюжина?

А. Маринина

316

— Для Паши? — Женщина расцвела улыбкой. — Конечно, оставляйте. Они сегодня поздно придут, они в театр пошли.

Настя вытащила из сумки блокнот, вырвала листок, написала: «От благодарной ученицы» — и сунула в середину букета.

— Только посмотрите, чтобы записка не выпала, — попросила она молодую маму.

— Конечно, конечно. Я все ему передам.

Идя к метро, Настя мысленно твердила: «Спасибо тебе, Паша, за науку. Спасибо тебе за все, чему ты меня научил. Спасибо тебе за то, что ты есть».

И вдруг неожиданно поймала себя на мысли:

«Я абсолютно счастлива».

Да нет же, тут же одернула себя Настя, не может она быть абсолютно счастлива ни с того ни с сего, на ровном месте. Не может. Так не бывает.

Нет.

Или да?

Литературно-художественное издание

Маринина Александра Борисовна
ЗАКОН ТРЕХ ОТРИЦАНИЙ. Т. 2

Издано в авторской редакции
Ответственный редактор *О. Рубис*
Художественные редакторы *А. Стариков, Д. Сазонов*
Художник *В. Федоров*
Компьютерная графика *А. Марычев*
Технический редактор *О. Куликова*
Компьютерная верстка *Д. Мытников*
Корректор *Е. Дмитриева*

ООО «Издательство «Эксмо»
127299, Москва, ул. Клары Цеткин, д. 18/5. Тел.: 411-68-86, 956-39-21.
Home page: www.eksmo.ru E-mail: info@ eksmo.ru

По вопросам размещения рекламы в книгах издательства «Эксмо»
обращаться в рекламный отдел. Тел. 411-68-74.

Оптовая торговля книгами «Эксмо» и товарами «Эксмо-канц»:
ООО «ТД «Эксмо». 142700, Московская обл., Ленинский р-н, г. Видное,
Белокаменное ш., д.1. Тел./факс: (095) 378-84-74, 378-82-61, 745-89-16.
Многоканальный тел. 411-50-74. E-mail: reception@eksmo-sale.ru

Мелкооптовая торговля книгами «Эксмо» и товарами «Эксмо-канц»:
117192, Москва, Мичуринский пр-т, д. 12/1. Тел./факс: (095) 932-74-71.
127254, Москва, ул. Добролюбова, д. 2. Тел.: (095) 745-89-15, 780-58-34.
www.eksmo-kanc.ru e-mail: kanc@eksmo-sale.ru

Полный ассортимент продукции издательства «Эксмо» в Москве
в сети магазинов «Новый книжный»:
Центральный магазин — Москва, Сухаревская пл., 12
(м. «Сухаревская»,ТЦ «Садовая галерея»). Тел. 937-85-81.
Информация о других магазинах «Новый книжный» по тел. 780-58-81.

В Санкт-Петербурге в сети магазинов «Буквоед»:
«Книжный супермаркет» на Загородном, д. 35. Тел. (812) 312-67-34
и «Магазин на Н. вском», д. 13. Тел. (812) 310-22-44.

Полный ассортимент книг издательства «Эксмо»:
В Санкт-Петербурге: ООО СЗКО, пр-т Обуховской Обороны, д. 84Е.
Тел. отдела реализации (812) 265-44-80/81/82/83.
В Нижнем Новгороде: ООО ТД «Эксмо НН», ул. Маршала Воронова, д. 3.
Тел. (8312) 72-36-70.
В Казани: ООО «НКП Казань», ул. Фрезерная, д. 5. Тел. (8432) 70-40-45/46.
В Киеве: ООО ДЦ «Эксмо-Украина», ул. Луговая, д. 9.
Тел. (044) 531-42-54, факс 419-97-49; e-mail: sale@eksmo.com.ua

Подписано в печать с готовых монтажей 30.09.2005.
Формат 70x90^1/$_{32}$. Гарнитура «Таймс». Печать офсетная.
Бум. тип. Усл. печ. л. 11,7. Уч.-изд. л. 9,5.
Доп. тираж 6000 экз. Заказ № 8394.

ОАО "Тверской полиграфический комбинат"
170024, г. Тверь, пр-т Ленина, 5. Телефон: (0822) 44-42-15
Интернет/Home page - www.tverpk.ru Электронная почта (E-mail) -sales@tverpk.ru

Читайте все романы Александры МАРИНИНОЙ

Адрес официального сайта Александры Марининой
в Интернете http://www.marinina.ru

АЛЕКСАНДРА МАРИНИНА